Pour Chantal,
Ma compagne, mon petit soldat,
ici-bas et dans l'éternité.

BiBLiONEF

POUR UN MONDE
À LIVRE OUVERT

Biblionef est une organisation non gouvernementale internationale destinée à faciliter l'accès au livre en langue française à des enfants défavorisés en France et dans le monde.
Site internet : www.biblionef.fr

Certain matin de novembre 2021 j'eus la jolie surprise de recevoir de Michel Humbert ses *Chroniques des mers du sud et autres contes.*

Il était alors pour moi un ami inconnu, avec lequel j'avais rendez-vous, chaque semaine, depuis plusieurs années, pour une parenthèse enchantée, tout comme les milliers de lecteurs de sa *Lettre de Yantai*.

Il vient nous distraire, de moments difficiles ou tout simplement du quotidien, grâce à la lecture de ses contes fascinants et de poètes et poétesses chinois de siècles très anciens dont l'écriture si riche et délicate, reflet de leur temps, nous est aussi si proche.

Nous nous sommes enfin rencontrés et je lui ai demandé s'il accepterait que Biblionef puisse effectuer un tirage spécifique de ce livre afin de le dédier en partage à nos innombrables jeunes lecteurs d'ici et d'ailleurs et leur offrir de s'approcher à leur tour de « la ligne bleue des horizons lointains asiatiques » qui l'a tant fait rêver.

Michel Humbert s'est empressé d'accepter « à bras ouverts », pour la culture et la francophonie, heureux de s'associer à la noble cause que nous portons et défendons depuis 30 ans.

C'est avec joie que je l'en remercie ici de tout cœur et que j'associe à ma reconnaissance son très aimable éditeur, Zhu Renlai, enthousiaste, lui aussi, pour ce beau projet.

Dominique Pace
Fondatrice et Directrice Générale
Biblionef

Je me sens à la fois très honoré, très ému et très heureux de contribuer à cette magnifique initiative éducative, culturelle, nationale, francophone et internationale de BIBLIONEF, et de rejoindre ainsi cette noble et si importante cause, la plus chère à mon cœur et à mes aspirations.

Michel Humbert
Écrivain, poète
Connaisseur Averti de la Chine
et de l'Asie du Sud-Est

*

éditions pacifica

34, avenue des Champs-Elysées
75008 Paris - France
www.editions-pacifica.com

Dépôt légal : Mars 2021
Imprimé en France

Photo couverture :
twenty20photos

ISBN 978-2-38260-003-0

9 782382 600030

*Logo dynamique, nouveau concept des Éditions Pacifica

Michel Humbert

Chroniques des mers du Sud et autres contes

Préface
Pierre Dhomps

éditions pacifica

Sommaire

Préface

Préfacer un livre de Michel Humbert est assurément un grand honneur, en même temps qu'un grand plaisir. Mais c'est également une lourde responsabilité, car qui connaît bien l'auteur des *Chroniques des mers du Sud et autres contes* comme j'en ai la chance, perçoit immédiatement la difficulté de la tâche, tant Michel est un être hors du commun, à la vie exceptionnelle !

Cet ESSEC ayant eu un long et brillant parcours national et international au sein du groupe L'Air Liquide a saisi, dès le lendemain de sa retraite, l'offre qui lui était faite, à savoir exercer ses talents en la qualité de *senior advisor* du gouvernement de Yantai (province du Shandong en Chine) pour les investissements internationaux. Il est devenu Hononary Citizen de la ville de Yantai, puis Honorary Citizen de la province du Shandong, et également ambassadeur de la province du Shandong. Il a reçu la plus haute distinction décernée à un étranger en Chine, la médaille de l'Amitié nationale chinoise, remise en mains propres par le Premier ministre chinois d'alors, Monsieur Wen Jiabao et en présence de Madame la vice-première Wu Yi, puis la médaille d'argent de l'Académie française pour sa promotion de la culture française en Chine, et enfin les insignes de chevalier dans l'ordre la Légion d'honneur remis par Son Excellence Monsieur l'ambassadeur de France en Chine, Hervé Ladsous.

Agissant comme un véritable fédérateur des cultures et de l'amitié entre les peuples, il est notamment cofondateur du Cercle francophone de Yantai (qui compte actuellement plus de 4 200 membres francophones en Chine, en France, en Europe, au Canada, en Afrique francophone, etc.) et rédacteur en chef de la *Lettre de Yantai*, une véritable institution depuis 2006. Il a été aussi nommé président du Yantai Western Investors Association, réunissant de nombreux membres de la communauté internationale (investisseurs, diplomates, ingénieurs, professeurs, étudiants, etc.).

Ses amis chinois n'ont eu de cesse de lui prouver leur reconnaissance : ainsi eut-il le grand honneur de porter la torche olympique le 21 juillet 2008 à Qingdao. En souvenir de son épouse également très impliquée dans les relations amicales avec la communauté chinoise, il a pu créer, grâce à ses amis de Yantai, trois bibliothèques « Chantal Humbert » uniquement garnies de plus de deux mille livres français.

Un véritable parcours d'ambassadeur de la France à Yantai et dans le Shandong !

Cela étant dit, n'ont été décrites que quelques facettes des talents de Michel Humbert. Il est également et, je dirais même surtout, un homme de lettres formé dans son enfance à la dure école des Pères Chartreux de Lyon. De ces années (que l'on appelait alors les humanités), il a tiré de multiples connaissances ainsi qu'une véritable passion pour « la belle écriture ». C'est ainsi qu'il est devenu à la fois un écrivain talentueux, un conteur passionnant et un poète inspiré. Chaque mot, chaque terme, chaque récit est précis, riche et toujours envoûtant. Sans vous en apercevoir, vous êtes immédiatement transporté dans un monde que parfois vous pensez connaître mais qui finalement est toujours le sien. Vous restez sous le charme et ne souhaitez plus vous en échapper tant le récit est fluide, distillé comme une musique et partagé avec émotion et sensibilité. Difficile d'oublier cette mélodie qui vous enveloppe et vous enivre pour vous faire rêver. Vous en devenez, à votre insu, le prisonnier !

Cet ouvrage fascinant se présente sous de multiples aspects, passionnants, mystérieux et envoûtants.

– À la fois des descriptifs qui vous prennent la main pour vous entraîner dans des labyrinthes inconnus et qui font renaître l'Asie du passé comme celle d'aujourd'hui. Vous êtes happé et fasciné par la beauté des mots qui vous emmènent dans des mondes insoupçonnés ou insoupçonnables. Ainsi cette immersion dans le quartier de Zhifu, regroupant de multiples échoppes et métiers, et où vous êtes accueilli par des artisans et des artistes affables.

– Mais aussi des contes qui vous font plonger dans un monde merveilleux et jusque-là inconnu. Et encore des récits poétiques qui vous happent dans une rêverie sans fin et que vous souhaitez prolonger à l'infini.

– Au-delà même des récits, des contes et des textes poétiques, vous êtes parfois transporté dans un monde d'excellence, à l'éducation sans pareil. Ainsi l'Académie des arts martiaux, retirée et nichée dans le mont Kunyu, où des étudiants s'affrontent en de dures compétitions à l'instar des guerriers d'antan. Ou encore l'École nationale de cithare de Yantai avec ces petites filles au regard inspiré « qui sont la grâce même » et qui, totalement dédiées à leur art, sont comparables à « des anges ».

Le plaisir de la lecture est à tout moment aiguisé par le parfum permanent de poésie qui rôde et vous interpelle à chaque page. Ce mélange étrange et maîtrisé de qualités et de connaissances est le reflet de la vie étonnante qu'a menée Michel Humbert.

Cet enivrement me rappelle la même impression ressentie en lisant les lettres merveilleusement écrites par une personne proche de ma famille, qui rédigeait avec une encre appelée « Bleu des mers du Sud ». Mes rêves d'alors, à leur lecture, se sont prolongés grâce à mon ami Michel Humbert qui a su les magnifier avec le magistral talent de l'écriture que chacun lui reconnaît !

Pierre Dhomps

Président-directeur général d'ENERGIE 7 International
Membre du Cercle d'intelligence économique du MEDEF
Île-de-France
Auteur de
Réussir en Chine ? L'expérience d'une longue marche de 30 ans
et du *Big Bang des nouvelles routes de la soie*
A reçu en septembre 2019 la médaille de
l'Amitié du gouvernement de la ville de Haining

Chroniques des mers du Sud

Kota Kinabalu (Bornéo Est)

Avant de vous entretenir des orangs-outangs et autres chasseurs de têtes – au sens propre, si je puis dire – de Bornéo, j'ose quelques rappels géographiques et historiques élémentaires pour rafraîchir vos mémoires peut-être défaillantes.

Bornéo est une île massive de plus de 730 000 km^2, dont 540 000 appartiennent à l'Indonésie (province du Kalimantan) ; la partie nord étant malaisienne (États du Sarawak et du Sabah), exception faite du sultanat de Brunei, indépendant.

Lors de son mémorable tour du monde entre 1519 et 1521, le grand Ferdinand Magellan fit escale pendant quarante-cinq jours à Kudat, à la pointe nord de Bornéo, pour réparer ses navires, avant de trouver la mort aux Philippines peu après.

Kota-Kinabalu est la capitale de l'État du Sabah sur la côte nord-est de Bornéo. Sabah fut d'abord une dépendance de Brunei, puis devint un protectorat britannique en 1888, une colonie de la Couronne en 1946, pour être en 1963 intégré dans la fédération de Malaisie, au grand dam des Philippines qui revendiquaient ce territoire.

Bornéo, constituée de hauts plateaux qui culminent au mont Kinabalu (4 175 mètres), et de vastes plaines marécageuses, fut l'exemple le plus étonnant de la jungle, s'épanouissant dans la lourde chaleur humide en une forêt primaire équatoriale inextricable de plus de huit cents espèces différentes d'arbres, dont la canopée abrite toutes les formes encore vivantes des ères antérieures – oiseaux, serpents, singes, insectes – disparues ou en voie de l'être ailleurs sur la planète. Le sol est fait d'un humus épais et spongieux à l'odeur âcre, résultat de millions d'années de putréfaction végétale, animale et humaine ; revêtu de mousse et d'immenses fougères arborescentes, théâtre tragique le plus invraisemblable de la lutte à mort pour la vie que se livrent à chaque instant toutes les espèces animales et végétales de ce véritable conservatoire naturel. Les plus faibles sont éliminées au fur et à mesure, dans une implacable indifférence de la nature toujours triomphante et foisonnante.

Dans les arbres, sur terre, dans l'eau, dans la vase, cohabitent cobras, pythons, crotales, sauriens, barracudas, murènes, piranhas, varans, pangolins, tapirs, félins, scorpions, mygales, scolopendres, nuages de moustiques porteurs de dengue et de fièvre jaune, plantes carnivores happant et engloutissant tous les insectes imprudents passant à leur portée… Toutes les espèces s'entretuent pour se nourrir et se reproduire en une mêlée sanglante. Les hommes n'étant pas les moins ardents, les terribles tribus des Dayaks, des Muruts et des Penans, armées de leur redoutable sarbacane aux flèches enduites de curare, se divertissent avec la chasse rituelle des têtes de leurs ennemis et de leur réduction. Trophées et collections sont garants d'une vie future paisible, selon les chamans.

Nos grands ancêtres, qui ont tenté d'aborder l'île, ont été promptement renvoyés à la mer. Ils se sont habilement réfugiés sur des villages flottants, lacustres, sur pilotis, à une distance respectueuse de la jungle hostile et de ses autochtones qui ne l'étaient pas moins, vivant de pêche, de chasse, de cueillette et de raids.

Actuellement, ces villages sur l'eau, tous proches du rivage, au mode de vie traditionnel, aux huttes de bambou et de branchages couvertes de fleurs, aux petites maisons d'un étage – ou bien dotées d'un deuxième, relié au premier par une échelle –, aux toits de zinc peints en rouge ou en noir, sont réunies par des pontons de planches sous lesquels sont mouillés des barques et des radeaux. Ils prolifèrent à Kota Kinabalu même, et le long des rivages de Bornéo, et sont occupés essentiellement par des Philippins.

Par ailleurs, les peuples de la mer, particulièrement les Suluks et les Bajau Laut, vivent encore totalement sur l'eau, au milieu de la mer de Sulu, entre Bornéo et les Philippines, dans de simples huttes sur pilotis, se rendant parfois sur la terre ferme, avec leurs canoés et autres embarcations à fond plat, pour vendre leurs produits : perles, algues, artisanat, et pour enterrer leurs morts, comme le font leurs ancêtres depuis des milliers d'années. D'autres peuples de la mer vivent depuis toujours de la même manière entre les Philippines, la Malaisie et l'Indonésie.

Peu à peu, l'on a commencé à défricher l'île pour cultiver le riz, le café, le cacao et l'hévéa. Des gisements de cuivre, d'or et de diamants, de charbon et de pétrole ont été découverts. La déforestation a été violente. Les orangs-outangs, les ours, ont été repoussés au centre de l'île. Les tigres, les rhinocéros, ont été éliminés comme leurs voisins de Sumatra par la chasse, le braconnage, la pharmacopée chinoise. Des aventuriers de tous bords sont arrivés, mais l'île est trop massive pour être asservie. Sa partie centrale reste ce territoire unique de la tragique splendeur de la vie.

Il faut mettre au crédit du gouvernement du Sabah et de son Chief Forest Conservator leurs très louables efforts pour préserver et protéger tout ce qui reste de la faune et de la flore originelles sur leur territoire, particulièrement le Lok Kawi Wildlife Park, le Sepilok Orang Utan Rehabilitation Center, le Bornéo Sun Bear Conservation Center, la Tabin Wildlife Reserve, le Proboscis Monkeys Sanctuary, le Turtle Islands Park, le Birds Sanctuary, le Taman Rimba Rainforest Park, les aquariums, la mangrove, le Labuan Botanical Garden, le Sabah Tea Garden. Nous ne devons pas oublier les perles équatoriales que sont les très nombreuses îles dont la richesse végétale, aquatique et corallienne est intacte, telles que Gaya, Manukan, Mamutik, Sapi, Sulug, Mantanani et bien d'autres joyaux, comme Pulau Sipadan, la plus chère d'entre toutes au commandant Cousteau. Ces îles des mers du Sud, repaires de légendaires sirènes. Le triangle corallien (Sabah, sud des Philippines, les Célèbes) n'a rien à envier à son homologue australien, avec ses six cents espèces de coraux répertoriées.

Ba gua, la méditation par la marche, prisée par les habitants, imitée par les touristes, consiste à marcher parmi les arbres millénaires de la forêt primaire, tout en captant l'énergie de la nature. C'est particulièrement le cas dans le Kinabalu Park, conservatoire aux quatre mille cinq cents espèces de flore et de faune, dont la fameuse rafflesia, la plus large fleur du monde végétal ; et dans le Maliau Basin, sanctuaire des différentes forêts de la jungle composées d'arbres aux troncs énormes, aux branches qui ne le sont pas moins, et aux puissantes racines qui sortent de terre comme des tentacules jaillissant des enfers. À Gua Madai, l'on a découvert des dessins rupestres datant de deux mille ans avant notre ère. Bornéo était déjà habitée par des humains il y a quarante mille ans.

Le Crocker Range National Park abrite des orangs-outangs, des ours, des léopards et des multitudes d'oiseaux jacassants. Dans le Kinabatangan Wildlife Sanctuary, les éléphants d'Asie prospèrent sans crainte des humains. Dans le Mari Mari Cultural Village, le voyageur aventureux pourra rencontrer les célèbres Muruts chasseurs de têtes. Il n'y a rien à craindre d'eux, ils paraissent paisibles, leur collection de têtes est terminée pour le moment.

La partie indonésienne de Bornéo (le Kalimantan) n'est pas en reste pour sauvegarder sa faune et sa flore, avec sa Conservation Foundation for rare Aquatic Species of Indonesia. Il est vrai que le nombre de dauphins d'eau douce dans la rivière Mahakam s'amenuise dangereusement, de même que les loutres et les crocodiles, dont le territoire se réduit comme peau de chagrin, à cause des barges de charbon, de la pollution des eaux, des plantations d'hévéas, et des filets de pêcheurs jetés en travers du fleuve. Même les hérons et les cigognes se détournent de ces lieux inhospitaliers.

Kota Kinabalu – K.K. pour les initiés – est une ville au fascinant et harmonieux mélange.

Traditionnelle avec ses villages sur l'eau, ses ports de pêche, son front de mer aux marchés foisonnants de poissons, de fruits de mer, de fruits et légumes, de volailles aux odeurs variées selon la température et les denrées, ses boutiques de produits ancestraux et artisanaux du Sabah, du Sarawak, des Philippines, d'Indonésie toutes proches ainsi que de Mélanésie et de Polynésie ; elle est également très touristique et moderne : larges avenues fleuries, de nombreux hôtels internationaux le long des rivages aux plages agréables, ombragées de luxuriantes végétations tropicales aux immenses fleurs. Les terrasses sont prises d'assaut par les voyageurs occidentaux, chinois, coréens, japonais, venus admirer les somptueux soirs pourpres du soleil déclinant, tout en étant bercés par la musique douce et lancinante du kuling tangan dont les sons résonnent, telles des gouttes d'eau tombant dans une vasque. K.K. s'étend largement en un cirque impressionnant de montagnes aux escarpements touffus, et d'îles sillonnées par les ferries chargés de denrées commerciales et de touristes prêts à tout pour une photo. Des dizaines d'embarcations vont et viennent entre les îles, semblables à des tortues à la tête dodelinant au gré de la houle. Sutera Harbour Resort et Tanjung Aru Resort abritent des parcours de golf et des parcs auxquels les soins délicats des jardiniers les plus méticuleux sont apportés. Tous les soirs, quand la chaleur s'apaise, les habitants de K.K. se pressent le long des quais auxquels sont amarrés les bateaux de pêche tirant sur leur longe, tels des étalons prêts à en découdre, pour jouir de la fraîcheur relative de la nuit et poursuivre des conversations sans fin, tout en contemplant le départ des chalutiers les uns après les autres vers la haute mer.

Dominant l'agglomération de K.K., le mont Kokol offre à son sommet un panorama unique de la ville, de la ligne de rivages, des ports, des baies, et des îles proches, que le visiteur contemple avec le plus grand ravissement depuis les sentiers serpentant la crête escarpée, abritant des hostelleries recherchées par les amoureux de la nature vierge.

Le musée Jabatan Muzium Sabah de K.K. est d'une richesse exceptionnelle. Il est émouvant de constater qu'il y a quatre mille ans, les populations de ces régions, des îles proches et d'autres, lointaines de plusieurs milliers de kilomètres, commerçaient, échangeaient, troquaient, se battaient, voyageant sur de frêles embarcations mues par une seule longue voile. La partie botanique, avec l'orchidée de Bornéo, l'orchidée de Singapour, l'orchidée rose de Hongkong, les hibiscus, les blancs jasmins fleurs nationales des Philippines, les lotus, les plantes rituelles, les plantes aromatiques, les fruits du dragon, les fougères, les broméłias, les tillandsias, les arbres millénaires de la forêt tropicale (Malayan Banyan, Angsana Tree, Bodhi Tree, Rubber Tree, conifères et mangroves), témoigne de la longévité de la flore de Bornéo. La faune est aussi extrêmement riche :

tigres, panthères, crocodiles, serpents, rhinocéros, ours, varans, tapirs, orangs-outangs, paons, daims, tortues géantes… Les mammifères aquatiques aussi tels que les dugongs, sirènes qui séduisirent Ulysse, les dauphins… Les insectes ? Innombrables.

Ceci est Bornéo, l'un des lieux les plus fascinants et étonnants de notre planète.

Curieux incident dans un village sur la mer de Sulu (Bornéo Nord-Est)

Ce matin-là, comme d'habitude, tout un chacun vaquait à ses occupations. Les hommes, partis avant l'aube dans leurs longues barques pour relever les filets, revenaient peu à peu et débarquaient leurs prises en riant, tandis que les femmes répartissaient les casiers entre les familles et en gardaient une certaine proportion pour la vente sur le marché de l'île voisine de Lankayan, sous la conduite ferme de la chamane du village. L'organisation sociale était un strict matriarcat, comme le voulait l'usage dans ces villages sur la mer depuis des millénaires, le rôle des hommes étant totalement utilitaire et soumis à l'appréciation des femmes, qui choisissaient leurs compagnons au gré de leurs souhaits et dirigeaient le village de manière collective. Toutes les ressources du clan étaient mises en commun, sans nulle jalousie ou acrimonie, depuis toujours, dans le village qui chérissait les dieux des eaux et de la terre, et leur rendait hommage, par l'intermédiaire des grands ancêtres que la chamane priait personnellement devant de nombreux petits autels bien garnis en nourriture et encens pour satisfaire les plus exigeants des génies. Depuis longtemps, les missionnaires ne se montraient plus, les têtes de certains téméraires ayant été réduites conformément aux traditions rituelles des peuples de la mer.

Le village, flottant dans la lourde chaleur humide d'une mer équatoriale peu profonde et marécageuse à l'est de Bornéo, était fait de huttes, de bambou et de branchages d'un ou deux étages reliés par une courte échelle. Elles étaient construites sur pilotis, envahies par une végétation foisonnante et dense de palétuviers et de mandragores, garnies de mousse et de fougères, fleuries d'orchidées, d'hibiscus, d'eucalyptus et d'amaryllis aux grandes ombelles rouges qui couvraient aussi les planches disjointes des pontons réunissant les habitations. Les radeaux et les canoés étaient mouillés sous les huttes, là se cachaient serpents corail, murènes et araignées géantes ; dangers permanents à l'affût dans les eaux opaques, surtout lorsque les hommes partaient à la pêche, à la chasse ou à la cueillette dans les mangroves, ou que les femmes se rendaient sur l'île proche pour vendre leur surplus de poissons, pour acheter ou troquer du sel, du sucre et des épices. Elles y allaient également pour présenter leur production artisanale manuelle ancestrale de bracelets et de colliers de perles, de saphir et de rubis, de broderies et de tapisseries, dont le peuple Bajau Laut était passé maître depuis des millénaires de vie perpétuelle sur l'eau, ponctuée aussi de brèves visites sur l'île pour enterrer et honorer leurs morts.

L'eau de pluie abondante du déluge quotidien de cinq heures de l'après-midi était recueillie et distribuée collectivement. Le village vivait au rythme de la nature, du soleil et de la lune, des marées et des typhons. Les peuples de la mer avaient combattu victorieusement des tribus micronésiennes, augmentant considérablement leur moisson de têtes coupées, trophées rituels garants de vie future. Certaines étaient suspendues à l'entrée des huttes. Ils vivaient en bonne intelligence entre eux, sous la garde bienveillante des chamanes et des génies.

Au centre du village, une imposante hutte bâtie sur un radeau était le siège du conseil des anciens et de l'école qui inculquait les traditions orales des Bajau Laut. Les enfants et adolescents des deux sexes s'y rendaient nus, en toute pure innocence naturelle. Les hommes et les femmes portaient un pagne, comme leurs ancêtres, dix mille ans auparavant. Les anciens arboraient des tatouages et des scarifications rituels. Toute la population, belle et souriante, était paisible, sous l'égide de la chamane, grande prêtresse, guérisseuse et gouvernante, veillant sur la communauté. Leur nourriture quotidienne était abondante, constituée de poissons et de fruits, particulièrement les fruits du dragon, durians, goyaves, lychees, mangues, papayes, poussant à foison sur l'île fertile de Lankayan toute proche. Les chasseurs à l'habileté et à la précision diabolique, dont les redoutables sarbacanes ne manquaient jamais leur cible, ramenaient des oiseaux, des varans, des serpents, des gibbons, ces derniers pourtant officiellement protégés par l'État.

Ce matin-là, il régnait sur le ponton central une certaine effervescence, due à l'arrivée soudaine et inhabituelle d'une vedette rapide des gardes-côtes fédéraux, qui accosta sans crier gare. La chamane et des anciens s'approchèrent avec quelque émoi. Le commandant du bâtiment, suivi de deux hommes armés, déclara froidement qu'il recherchait un homme suspect de trafic, éminemment illégal, de tortues de mer. La chamane lui répondit qu'il était le bienvenu, que son village était une communauté responsable, qu'il pouvait le visiter tout à loisir. Le commandant sembla se satisfaire de cette réplique souriante, salua, puis s'en alla, au grand soulagement des anciens sans peur, mais non sans reproche.

Plusieurs lunaisons s'écoulèrent au cours desquelles de grands anciens rendirent leurs âmes aux génies des eaux selon des cérémonies rituelles millénaires ordonnancées par la grande prêtresse du village. C'est ainsi que, dans la hutte d'un défunt, l'on découvrit, bien dissimulée, une bassine contenant de belles tortues bien vivantes, à la stupéfaction de la chamane, et au grand soulagement d'anciens connaissant l'existence de ce trésor illicite et très dangereux pour le village. La décision prise fut la plus sage qui soit. Pendant la nuit, une petite équipe emporta promptement au grand large ces chanceux chéloniens et les rendit à leur destin.

Dilemme cornélien à Kanakai

Dans la péninsule de Kanakai au ciel azuréen de l'éternel été, les arbres sont chargés de fruits toute l'année. Depuis des millénaires, la nature pousse librement et sauvagement de toute la vigueur de ses fibres, sans intervention humaine – si ce n'est la cueillette soigneusement faite traditionnellement par les femmes et les jeunes filles du peuple Bajau Laut, dont le village sur la mer, tout proche, est particulièrement friand de fruits du dragon, durians, grenades, goyaves, lychees, mangues, papayes, pastèques, ramboutans, pamplemousses, ananas, oranges, croissant librement en une efflorescence suave et éclatante de rouge, jaune, orange, vert… Palette multicolore se mêlant au bleu céruléen de la mer en un éclaboussement immarcescible et flamboyant de lumière.

Tout en prenant garde aux petits serpents verts à la piqûre mortelle, qui se fondent dans la végétation, aux araignées et autres dangereux aranéides, les sveltes adolescentes dont la seule parure est leur beauté naissante cueillent avec agilité et en riant les fruits mûrs, dont les femmes garnissent inlassablement des paniers odorants.Des multitudes d'oiseaux de toutes les couleurs virevoltent tout près, en pépiant, jacassant, caquetant – les cacatoès à la huppe jaune n'étant pas les moins bruyants –, exprimant ainsi leur profond désaccord sur cette intrusion humaine offensante dans leur domaine exclusif. Pendant ce temps, d'inoffensifs mais turbulents macaques ironiques assistent insolemment à toute la scène, comme au théâtre, assis en rond sur leur petit derrière, tout en chassant de fragiles papillons aux grandes ailes bleues translucides.

Lorsque les corbeilles sont bien remplies et chargées sur de longues barques à fond plat, c'est le retour au village sur la mer, situé à quelques encablures de la péninsule, dans la plus joyeuse effervescence. Déjà, des hommes vigoureux sont prêts à hisser les lourds paniers, déjà la chamane se prépare à les recevoir pour procéder à leur distribution parmi toutes les femmes, selon la règle matriarcale. Elle en garde une partie non négligeable destinée à la vente sur le marché de Kanakai, en même temps que des poissons et des produits de l'artisanat du village, particulièrement des broderies rituelles et des colliers de perles, que des marchands avisés s'empresseront d'acheter, pour aller ensuite les proposer à prix d'or aux touristes fortunés séjournant dans les hôtels internationaux de Kota Kinabalu.

Le marché de Kanakai est un immense capharnaüm dans lequel règnent le plus beau désordre et la plus vive agitation que l'on puisse imaginer. Un enchevêtrement des plus insolites ! Les étalages de poissons côtoient ceux des épices ; les colifichets, les objets d'artisanat, les colliers se trouvent entre les hibiscus, les orchidées, les amaryllis et les oiseaux de paradis. Les fruits et les légumes, les poules, les coqs et les oies voisinent avec les langoustes et autres crustacés, qui sont mêlés aux vêtements, aux chaussures et aux herbes médicinales contre tous les maux et toutes les piqûres et morsures. Tout cela produit un vacarme extraordinaire de cris, d'appels stridents des marchandes attirant les chalands, de ventilateurs aux pales géantes tournant à toute vitesse au-dessus des denrées périssables, brassant un air piquant chargé d'effluves marins, de parfums suaves de fleurs et de fruits et de relents de cuisine de minuscules gargotes accueillant des clients affamés sur quelques tables pliantes. L'ambiance est allègre, sans la moindre acrimonie, les enfants courent nus entre les stands et chipent les friandises.

Il est treize heures, le marché s'achève. Il est temps de retourner au bercail sur la mer. Tout a été vendu de manière convenable et les achats de sel, de sucre, de poivre, d'épices, ont été effectués selon les instructions de la chamane, qui sera pleinement satisfaite de la matinée, et qui remerciera les génies des eaux de leur protection par des offrandes généreuses placées sur leurs petits autels.

Un événement important dans la vie du village survint peu après. La chamane convoqua deux jeunes filles récemment nubiles, revêtues de dentelle arachnéenne, et leur enjoignit de choisir un compagnon parmi les jeunes gens du village, à leur guise, selon le rituel matriarcal matrimonial en vigueur chez les peuples de la mer, société collectiviste et polyandre par excellence, dans laquelle toutes les ressources, y compris humaines, sont mises en commun, dans le but ultime de la survie de la communauté. Cela fonctionne ainsi depuis des millénaires et les missionnaires, venus des Philippines pour leur inculquer les *bonnes manières*, y ont perdu leur tête.

Mais, coup de théâtre inimaginable ! L'une des deux jeunes filles refusa ce choix, à la vive stupéfaction et au désarroi de la chamane qui n'avait jamais fait face à une telle situation. Elle avoua en pleurant qu'elle avait rencontré un jeune homme lors d'un marché de Kanakai, et qu'elle l'appréciait beaucoup. Elle voulait le choisir comme compagnon. Ainsi, elle transgressait une règle immuable selon laquelle les femmes désignent leurs compagnons au sein même de la communauté.

Le problème était tellement inédit et grave que le conseil des anciens, saisi par la perplexe chamane, fut appelé à délibérer. La discussion fut vive entre les tenants de l'orthodoxie et les partisans de l'indulgence. Finalement, il fut décidé de laisser du temps au temps. Les jeunes gens sont versatiles et leurs amours capricieuses, estimèrent les sages. « L'on verrait comment cette affaire de cœur évoluerait dans les prochains mois. »

Les anciens avaient bien jugé. En effet, quelques semaines après cet incident, le jeune homme de Kanakai était déjà tombé amoureux d'une autre jeune fille, de la péninsule, cette fois-ci.

Mais la belle délaissée ne fut pas longtemps inconsolable. La chamane, en bonne mère du village, lui offrit le plus beau des garçons de la communauté, qui sut bien vite sécher ses larmes et ramener sur son joli visage son gracieux sourire encore enfantin.

Panique à Kanakai

Une dernière larme glissa lentement sur sa joue enfantine et, saisissant résolument la main du beau garçon qui lui avait été dévolu par la bienveillante chamane du village sur la mer, elle l'emmena, en toute simplicité naturelle, dans la hutte qui lui avait été préparée, et qui serait désormais son territoire, selon le rituel matriarcal ancestral du peuple Bajau Laut, en vigueur depuis des millénaires dans les mers du Sud.

Après cet incident, vite réglé de manière magistrale par les anciens et la chamane, à la satisfaction générale, la vie reprit son long cours tranquille et paisible sur la mer, rythmée par les cueillettes traditionnelles des fruits poussant à foison sur la péninsule toute proche, effectuées par les petites jeunes filles parées de fleurs flavescentes, par les ventes joyeuses sur le vaste marché hétéroclite au charmant désordre de Kanakai. Rythmée aussi par les départs avant l'aube des pêcheurs allant relever leurs filets au grand large et leur retour triomphant dans la douceur du crépuscule équatorial sous les dernières enluminures du soleil couchant, tandis que les jeunes chasseurs, armés de leur sarbacane à la précision infaillible, revenaient heureux, chargés d'oiseaux et de macaques. Le beau garçon que la chamane avait donné à la jeune fille réticente était particulièrement téméraire, pénétrant trop loin dans la jungle dangereuse de Bornéo, malgré les recommandations inquiètes des anciens.

Plusieurs lunaisons édéniques s'écoulèrent.

La chamane, attentive aux évanescences immanentes suscitées par les génies des eaux et les âmes errantes qu'elle priait instamment pour le bien-être de ses ouailles, avait pourtant un vague pressentiment d'un voile noir approchant dans le lointain des nuées – sans nul signe avant-coureur, pourtant…

Une année passa, la jeune compagne du beau garçon donna naissance à une fille qui venait ainsi enrichir la communauté du village sur la mer, tandis que son compagnon intrépide courait les périlleuses mangroves aux impénétrables palétuviers dont les eaux limoneuses étaient hantées de serpents corail et de barracudas.

Soudain, le malheur pressenti par la chamane fondit sur sa proie.

Un soir, le jeune chasseur imprudent pénétra sans prendre garde dans le territoire des terribles Dayaks, dont la férocité n'avait d'égale que leur coutume rituelle de couper les têtes de leurs ennemis et de les réduire à des fins de magie noire. Il fut aperçu par un Dayak qui le pourchassa rapidement. Pour lui échapper, il l'abattit d'une flèche au curare de sa précise sarbacane.

La situation était extrêmement grave ; les redoutables

guerriers dayaks allaient monter une expédition punitive. Habituellement, ils brûlaient les villages, exterminaient les hommes dont les têtes étaient promptement coupées, et emmenaient toutes les femmes et les enfants en esclavage.

Le conseil des anciens du village sur la mer décida de faire appel à leur ethnie Bajau Laut, mais à leur vive déception, la réponse fut des plus tièdes. Personne ne désirait engager une guerre avec les Dayaks.

Une première escarmouche entre les Dayaks et les chasseurs du village laissa dix de ces derniers morts criblés de flèches, dont le jeune fauteur de troubles.

Conjurant l'imminent désastre, la chamane se résigna à faire intervenir les autorités de l'État du Sabah, dont Kanakai fait partie, qui, à leur tour, alertèrent la fédération de Malaisie – dont l'État du Sabah est une composante.

Une réunion fut organisée à Kota Kinabalu entre les parties belligérantes, sous l'égide de l'État du Sabah. Il fut décidé de cesser les hostilités, les dix morts Bajau Laut, dont le jeune chasseur, compensant la victime Dayak, et ce malgré quelques réticences des représentants dayaks qui voulaient en découdre. La cueillette et la chasse furent autorisées aux Bajau Laut sur le littoral, mais il leur fut interdit de s'aventurer plus profondément dans Bornéo à l'avenir.

La chamane poussa un grand soupir de soulagement. Son village était sauvé pour le moment.

Temps incertains à Kanakai

Après les tumultueux et dangereux incidents des semaines précédentes et leur heureuse mais provisoire résolution, la vie reprit doucement son cours dans le village sur la mer, non sans une sourde inquiétude. La chamane et les anciens savaient bien que les Dayaks ne renoncent jamais, bien protégés dans les profondeurs de Bornéo, terre hostile, champ de bataille naturel dans lequel s'entretuent sauvagement plantes, insectes, serpents, félins, ours, en un magma strident et sanglant, repère des féroces Dayaks et de leurs cousins les Penans, peuple chasseur non moins agressif. Nul ne se risquait à les affronter. Les gardes fédéraux malaisiens et indonésiens se gardaient bien de les déranger le moins du monde. Les missionnaires imprudents ou téméraires venus des Philippines avaient tous été massacrés, et leurs têtes coupées et réduites, trophées occultes très appréciés par ces aimables populations.

Un jeune guerrier Dayak avait été tué par un chasseur Bajau Laut trop aventureux, crime de lèse-majesté. Les dix morts dans les rangs Bajau Laut du peuple de la mer étaient une trop petite compensation. Les Dayaks et les Penans ne pardonnent jamais. Ils reviendraient tôt ou tard, quand les rondes des vedettes des gardes fédéraux se feraient plus rares.

Pendant ce temps, la chamane et les anciens veillaient sur leurs ouailles qui chassaient, pêchaient, cueillaient les fruits perpétuellement abondants, de cette terre nourricière équatoriale, véritable jardin des Hespérides dont les nymphes étaient des jeunes filles vêtues de fleurs. Mais ils respectaient naturellement scrupuleusement les limites strictes qui leur avaient été assignées par l'État du Sabah, pour éviter toute nouvelle possibilité d'incident.

La chamane implorait les génies des eaux et multipliait les offrandes, aidée en ses devoirs rituels par la jeune épouse du chasseur imprudent fauteur de troubles et tué au cours de l'escarmouche avec les Dayaks. Elle était devenue une fidèle vestale, dont la petite fille était élevée par de vénérables anciennes, chargées de l'éducation des femmes, selon les règles matriarcales en vigueur chez les peuples de la mer. Bientôt, certains anciens apprirent grâce à leurs liens communautaires Bajau Laut que les Dayaks et les Penans rassemblaient un grand nombre de pirogues, en vue d'une expédition punitive nocturne destinée à éliminer définitivement l'insolent village.

Au même moment, la chamane entra longuement en transe. Quand elle revint à elle, elle ordonna que tout le village sur la mer se réfugiât immédiatement dans une crique de la péninsule de Kanakai, située à quelques encablures, particulièrement bien protégée et à l'abri du vent. Aussitôt dit, aussitôt fait : les barques et les radeaux furent chargés, le peuple entier déménagea sans un murmure, sachant que la prêtresse en avait reçu l'ordre, et s'installa sur un rivage de la mer de Sulu, entre sable, grottes et rochers protecteurs. C'est alors que surgit du fond de l'horizon le plus puissant et le plus fulgurant cyclone jamais subi à ce jour à Bornéo, balayant toute vie sur l'île. Accompagné de tornades dévastatrices arrachant les arbres comme des fétus de paille, de pluies torrentielles noyant tout sur leur passage, et d'orages démontant la mer, il réduisit la flotte des Dayaks en des milliers de morceaux de bois épars, au milieu de corps flottants, que les murènes et les barracudas se disputaient entre eux, une folle mêlée rougissant les eaux alentour.

Le peuple Bajau Laut, bien à l'abri du monstrueux typhon, dans cette baie protégée par une barrière rocheuse, attendait anxieusement, tout en remerciant le Ciel et les génies protecteurs de la chamane, leur guide suprême.

Au bout de quelques jours, elle ordonna le retour et la reconstruction du village sur la mer, chose des plus aisées pour eux.

Elle avait remporté l'épreuve et sauvé son peuple.

L'étrange rencontre du vieux chasseur de Kanakai

Depuis des heures, dans la pénombre, sous une lourde touffeur équatoriale aux relents fétides et acres de végétation pourrissante mêlés aux senteurs entêtantes de l'humus, le vieux chasseur pataugeait dans le limon et la vase d'une épaisse mangrove de palétuviers et de mandragores, infestée de barracudas et de venimeuses araignées, tout en évitant les crevasses ombreuses et les rochers affleurants, repaires de murènes, et tout en surveillant les faîtes des catalpas d'où plongent les pythons, et les fourrés d'où jaillissent les sauriens. Il trébuchait sur les racines centenaires tendues comme des amarres serpentant dans les eaux opaques cachant le frémissement de multiples vies archaïques, aux méandres ondoyants charriant des herbes boueuses, des branchages et des broussailles de roseaux et de tamariniers, résidus du dernier typhon qui avait ravagé l'île de Kanakai et emporté tous les villages sur la mer.

Il était vêtu d'une légère veste à larges poches, la tête recouverte d'une simple toque de toile, chaussé d'épaisses bottes montantes couvrant ses cuisses, armé de sa redoutable sarbacane aux flèches acérées enduites de curare, et d'un épieu dont la pointe était également empoisonnée. Il portait une besace jetée sur son épaule et un filet de rétiaire, tel un gladiateur.

Il marchait lentement, silencieusement, parmi les colonies de madrépores et de buissons roses de corallines, à l'affût de son gibier, dans le crépuscule naissant. Singes, oiseaux, poissons, tout lui était bon.

Il s'approchait peu à peu de son village bâti sur pilotis, habitat habituel des peuples de la mer depuis des millénaires, dont il apercevait déjà clignoter les lueurs dans le lointain, tandis que des jonques aux grandes voiles en lattes de bambou paraissant voler sur l'eau, tels des albatros, sillonnaient la lagune érubescente que le soleil couchant poudrait de poussières d'or.

Soudain, le chasseur s'arrêta net, surpris, sa botte avait heurté une masse molle dans l'eau glauque.

Il se pencha et distingua un visage humain aux yeux ouverts qui le regardaient fixement, comme une sentinelle sous-marine. La houle découvrit alors un corps de femme enveloppé de poulpes et d'algues comme une momie, qui se dressait telle une Érinye vengeresse, son épaisse chevelure noire flottant comme un nid de serpents.

Le rude chasseur, pourtant endurci par tant d'années d'affrontements, de luttes sanglantes, de dangers mortels dans les mers du Sud, chancela devant cette apparition surréelle, fantomatique, ce regard implacable de l'au-delà, à l'insoutenable éclat, dans le halo diapré des eaux vespérales.

Mais il se ressaisit promptement, repéra exactement le lieu de la découverte, rentra au village, réunit immédiatement la chamane et le conseil des anciens qui décidèrent de rechercher et d'inhumer cette probable victime du récent typhon.

Cette nuit-là, il dormit mal, obsédé par ce lourd regard, qui le fixait toujours…

Le lendemain, à l'aube, la chamane, le vieux chasseur et quelques vigoureux jeunes gens s'embarquèrent pour une funèbre expédition. Mais, à la stupéfaction du petit groupe, le corps avait disparu. Toutes les recherches alentour demeurèrent infructueuses. Ils en conclurent que la houle de la nuit avait déplacé le cadavre ou l'avait même emporté au large, au-delà du lagon.

Rituellement, la chamane pria les génies des eaux d'accorder leur faveur à la voyageuse inconnue. Puis la vie reprit son cours normal, dans la paisible sérénité des peuples de la mer.

Le vieux chasseur ne pouvait cependant oublier cet immarcescible regard, qui le hantait jour et nuit malgré les exorcismes répétés de la prêtresse.

Un matin, très tôt, il partit chasser, mais ne revint pas le soir au village. Nul ne l'a revu.

La chamane apprit plus tard qu'il aurait noyé une femme qui lui résistait, au temps de sa jeunesse folle. Les anciens rapportent que l'on trouva, très longtemps après sa soudaine disparition, deux corps étroitement emmêlés sur une grève désertique de l'île.

Mais est-ce une légende ? Qui sait ?

Journées ordinaires à Palau Kapalai

Lorsque j'exprimai à mes amis malaisiens de Bornéo mon envie de visiter l'île de Kapalai (Palau Kapalai), j'en fus vivement dissuadé sous le prétexte qu'il ne s'y passait jamais rien. Ce n'était qu'un repaire, un refuge, un havre pour vieux loups de mer à la retraite et autres pirates plus ou moins assagis.

D'un naturel curieux, je décidai néanmoins de passer outre et je débarquai dans la touffeur du soir de cette île équatoriale à la végétation luxuriante de jasmins, mimosas, lauriers-roses, tamariniers aux parfums tièdes et suaves, dans le vacarme caquetant d'insolents perroquets et d'ironiques cacatoès cherchant à se protéger de l'averse chaude et odorante arrosant abondamment l'île. Ils se tenaient sous l'ombre tutélaire de l'antique forteresse portugaise battue par les flots, dont les sédiments avaient depuis longtemps envahi et comblé les douves et les caveaux des funestes catacombes de sinistre mémoire.

Mes premières impressions furent des plus pittoresques et conformes aux légendes colportées sur Kapalai depuis des temps immémoriaux.

Dans la taverne du port de débarquement, dans l'ombre violette du crépuscule sur la mer apaisée, les lanternes pourpres, décorées de naïves peintures de dragons grimaçants aux griffes acérées, se balançaient irrésolues au gré de la légère brise du large. De fiers pirates s'assoupissaient, vaincus par la fièvre du banquet aux rasades innombrables, offert par le sulfureux chef de port au visage semblable à un masque de terre cuite, creusé de profondes ravines, aux lourdes paupières opaques et flétries, aux bras noueux tailladés de tatouages maléfiques, sur un corps pesant que l'absorption quotidienne de sang frais de serpent et de bile d'ours avait rendu immortel, selon ses dires.

Dans un coin sombre, deux flibustiers éméchés, un foulard rouge autour du cou et un chapeau à larges bords sur la tête, aux boucles d'oreille tintinnabulantes, disputaient à grands cris une partie de mah-jong acharnée, tout en fumant des cigares de taille respectable.

Une matrone, outrageusement fardée, sa qipao étroitement boutonnée jusqu'au cou, mais largement fendue sur sa cuisse généreuse, était assise près des joueurs et tirait de sa pipe des volutes irrespirables.

De jeunes hôtesses, dont la nudité audacieuse était à peine voilée par d'affriolantes parures arachnéennes, expertes aguerries dans l'art d'affoler les sens des forbans et autres écumeurs de mer les plus exigeants, rendaient les armes et se glissaient silencieuses hors des miasmes fétides de la pièce enfumée, pour respirer l'air frais de la nuit. La lune blanchissait les haubans et les gréements d'une teinte ivoirine, qui rendait irréels et fantomatiques les palmiers ébouriffés du petit port. Les plaintes criardes des mouettes couvraient les grincements des embarcations le long des quais que des matelots ivres arpentaient en chaloupant dangereusement entre les bittes d'amarrage, les cordages, les poulies, les filins et les filets, qui jonchaient les jetées dans un savant désordre.

Soudainement, les gémissements de la brise devinrent des hurlements furieux d'une violente bourrasque, couchant les fiers goyaviers et les timides manguiers, les bateaux se mirent à tanguer et à rouler sous les rafales, les vapeurs des alcools absorbés se diluèrent instantanément, les marins coururent à leur poste en se bousculant, les avenantes hôtesses se hâtèrent vers leurs bars respectifs le long des quais, tandis que les deux joueurs, la matrone et le chef de port décidèrent de ne pas bouger.

Mais la tempête tomba d'un coup, comme elle était arrivée. Un autre jour commençait. Les uns après les autres, sous un ciel auroral, les vaisseaux appareillèrent pour la haute mer, qui pour la journée, qui pour plusieurs mois.

Après cette heureuse entrée en matière avec Palau Kapalai, je décidai de continuer mes curieuses investigations, en gravissant une petite colline couverte de citronniers, dominant le port et le lagon, que le soleil levant revêtait d'une parure pourprée. Au sommet m'attendait une grosse barque ventrue, son grand foc fièrement dressé, comme prête à prendre la mer. J'entrai avec étonnement dans une nécropole marine d'embarcations fatiguées d'avoir tant navigué, ayant enfin jeté l'ancre, à l'abri sous de vastes ginkgos millénaires, feuillus, cachant bien les délibérations secrètes des oiseaux pépiant. Des statuettes de bouddhas au ventre proéminent y avaient manifestement leurs habitudes, parmi les vasques et les fontaines murmurantes entre les pierres levées et les buissons de roses, les glycines aux fleurs mauves et les jaunes hélianthes. Je ne voulus point déranger davantage cet élégiaque jardin.

Je retournai au port, et assis sur un banc face à la mer ruisselante d'or du soleil éclatant, je regardai les pêcheurs rentrant doucement leurs lourdes barques, indifférents au vacarme des grues qui fouillaient rageusement les entrailles d'un cargo, telles des sauterelles insatiables, pour en extraire de précieuses denrées indispensables à la subsistance de l'île.

C'était la douceur de vie tranquille des mers du Sud.

Mes amis malaisiens avaient raison. Il ne se passe jamais rien à Palau Kapalai. Des cris soudains ? Il ne s'agit que d'une courte bagarre dans la rue des estaminets. Rien de grave ne peut arriver à Palau Kapalai. Et pourtant, dans les tavernes closes, l'on chuchote que les pêcheurs ne transporteraient pas que des poissons. Contrebande, peccadilles, le tragique n'a pas cours à Palau Kapalai.

Le sulfureux chef de port me raconta que le dernier évènement extraordinaire remontait à plusieurs années, lorsque des marins aperçurent un bateau étrange errant à quelques miles de l'île, au-delà du lagon.

Quand ils s'approchèrent du vaisseau, ils furent stupéfaits de découvrir un bâtiment vétuste et délabré aux mâts et aux voiles affalés, dont l'architecture et les structures de bois rappelaient les navires d'un autre siècle. Ils l'abordèrent, non sans une certaine crainte superstitieuse.

À bord, nul signe de vie, tout paraissait à l'abandon depuis très longtemps. Tout d'un coup, dans la cale, un squelette. Les rudes marins s'enfuirent sans demander leur reste.

L'enquête détermina que ce navire de commerce avait été construit à Hongkong en 1928, et que l'on avait perdu sa trace quelques années plus tard. L'on pensa alors qu'il s'était perdu corps et biens.

Comment ce bateau fantôme avait-il pu errer pendant des dizaines d'années, à la dérive, sans attirer l'attention, au gré des vents et des courants, des caprices des mers, des récifs, pour arriver dans ce bout du monde ? Mutinerie à bord ? Attaque de pirates ? Typhon ? Qu'est-il advenu de l'équipage ? Nul ne le saura jamais. Le cadavre était celui d'un jeune mousse d'environ dix-huit ans, mort de faim.

Le vaisseau est désormais mouillé paisiblement à l'abri dans un petit port bien protégé de l'île, objet de vénération et d'études historiques. Le jeune matelot repose tranquillement sous le sable d'une dune, pour l'éternité, dans l'ombre protectrice d'un Ginkgo biloba. Nulle famille n'a jamais réclamé sa dépouille.

L'Île du diable

La rivière était vagabonde, déroulant ses lentes sinuosités dans cette oasis tropicale, entre tulipiers aux larges fleurs orange et eucalyptus dont les branches basses faisaient courir des frémissements sur ses eaux claires, tout en savourant langoureusement les caresses du soleil couchant et en taquinant les pieds nus d'un vieux pêcheur assis tranquillement, sur son tabouret d'osier. Sous l'ombrage tutélaire d'un acajou bruissant des élytres bourdonnant d'insectes, le frôlant, ses deux bras tendus vers le ciel comme s'il invoquait les génies de l'onde et implorait leur faveur.

Il était penché sur le flot paresseux, son chapeau de paille protégeant du soleil sa petite barbiche blanche comme neige flottant légèrement dans la brise, et ses gros sourcils noirs aux yeux pleins de malice ; il était revêtu d'un léger blouson bleu et d'un pantalon marron, qui avaient manifestement beaucoup navigué. Il lançait sa ligne en évitant les perruches et les perroquets occupés à happer de grosses mouches, et les canaris cachés parmi les orchidées et les bougainvillées, volière caquetante, tout en préparant des appâts pour séduire la gent trotte-menu du nonchalant cours d'eau.

Je le saluai respectueusement, ses yeux rieurs me firent comprendre que je ne le dérangeai pas. Je restai un moment à lire au soleil dans cette harmonieuse béatitude de la nature inviolée, au milieu des oiseaux, des poissons, des fleurs, et d'un vieil être humain bienveillant.

Le lendemain, le vieux pêcheur n'apparut pas, mais je remarquai une femme jeune et belle, vêtue d'un paréo rouge noué sous sa poitrine nue, à la chevelure noire descendant en volutes recouvrant son dos, qui choisissait et cueillait des herbes médicinales, puis les rangeait avec précaution dans son panier.

Je lui demandai si elle connaissait le pêcheur.

« Oui, me répondit-elle, c'est mon père ».

Elle m'invita à la suivre et peu de temps après, nous arrivâmes dans un village le long du lagon, fait de huttes de bambous recouvertes de palmes et de corallines, au sein duquel hommes, femmes, enfants, étaient mêlés en un beau désordre, au milieu des paniers de poissons, et récoltaient des filets relevés à l'aube, des corbeilles de fruits et de légumes cueillis le matin dans cette île volcanique fertile. Tout un peuple joyeux à la semi-nudité allègre, que ma présence n'étonnait même pas.

Elle me fit entrer dans sa hutte. Je retrouvai avec plaisir mon vieux pêcheur, au milieu de deux autres hommes plus jeunes, à l'allure de marins.

« Mes maris », me dit-elle, simplement. Je compris que cette population pratiquait le matriarcat traditionnel, comme cela est habituel dans les îles des mers du Sud.

L'un d'eux me proposa du thé et des fruits, dont une corbeille de fruits du dragon, sans me poser de questions sur ma présence incongrue dans cette île perdue parmi les myriades de ses semblables. Son voisin m'expliqua qu'ils étaient des corailleurs, et que cet atoll corallien était riche en corail rouge, le plus recherché, et qu'ils plongeaient tous les jours dans des eaux infestées de serpents corail aux anneaux rouge et noir et au venin mortel.

Après quelques hésitations, j'osai poser la question qui me tourmentait depuis longtemps et qui avait motivé mon voyage. Pourquoi ce nom, *l'Île du diable*, attribué à ce territoire apparemment heureux et exempt de soucis, excepté les incursions des terribles Dayaks, féroces coupeurs de têtes ?

L'un des maris prit la parole :

« C'est toute une longue et très ancienne histoire, qui se perd dans la nuit des temps, rapportée de génération en génération. L'île fut longtemps inhabitée, car, disait-on, un monstre marin maléfique se cachait au large du lagon, attirait toutes embarcations et les entraînait irrésistiblement dans les profondeurs marines, sans retour. De nombreux cas de bateaux de toutes tailles ayant disparu dans ces eaux depuis les temps les plus reculés corroboraient les récits, les traditions et la mémoire orale. Les peuples de la mer nommèrent l'atoll *l'Île du diable* et passèrent au loin, abandonnant toute approche pendant des millénaires.

Les autorités fédérales s'émurent enfin un jour de la situation de cette île inhabitée, dont tout le monde se détournait avec la plus grande crainte, et envoyèrent des canots, mais aucun ne revint jamais. Le temps passa, jusqu'au jour où une vedette rapide de la Marine fédérale, qui patrouillait parmi les atolls, s'approcha de l'île et ne donna plus signe de vie, malgré un temps clair et une mer calme.

Un avion fut alors envoyé en reconnaissance : les photos montrèrent un très puissant tourbillon, un maelstrom d'une intensité inconnue, capable de broyer férocement n'importe quelle embarcation comme fétu de paille, aspirant dans une fosse volcanique tout ce qui passait à sa portée, sans résistance possible, disparaissant alors dans un abîme infernal.

Notre chamane, nos anciens et nous tous, peuples de la mer, marins, pêcheurs, plongeurs, nous savons bien depuis toujours qu'une chose toute puissante et machiavélique se tient tapie dans cet abysse insondable, une entité démoniaque, mystérieuse, occulte, énigmatique, maléfique, épouvantable, éternelle. »

Il se tut. J'en avais assez appris. Je pris congé de cette famille si accueillante.

Quelques mois plus tard, un engin sous-marin envoyé pour explorer la fosse mit à jour un véritable cimetière marin, un champ de bataille. Ce n'étaient que forêts de mâts, de voiles, de filets, de vergues, espars, filins, épaves de bateaux de toutes tailles et de toutes les époques : des goélettes, des galions, des pirogues, des trirèmes, des caravelles, des radeaux, des sampans, des chaloupes, des gabarres, enfouis sous la vase et les sédiments, des canons, des débris épars de porcelaine, des reliques de civilisations antiques, des jarres, des milliers de bracelets, bijoux, colliers, parures en or et en jade, lingots, pièces de toutes les époques passées de bronze, de cuivre, d'argent ; des cadavres d'oiseaux par millions, une nécropole d'ossements, de squelettes d'hommes, d'animaux marins, de cachalots et d'orques, des restes d'hominidés et même de nos ancêtres les plus proches néanderthaliens et Homo sapiens. Une hécatombe. Une extermination. Un massacre poignant.

Le commandant de cette exploration, un vieux loup de mer, confessa d'une voix mal assurée, à son retour, qu'il n'avait jamais vu, dans toute sa vie de navigateur sur toutes les mers du globe, un tel phénomène, un tel piège infernal, comme si une force surhumaine néfaste s'était acharnée, une telle force destructrice, une telle volonté de haine diabolique, de carnage. « Il y avait, il y a encore vraiment là quelque chose de mystérieux, de très étrange, d'angoissant, de très dangereux, ajouta-t-il, comme une sinistre puissance invisible, vous guettant, vous épiant, vous observant insidieusement. »

Les peuples de la mer le savaient bien depuis des temps immémoriaux.

Autres contes

L'étrange mendiant de Macao

Assis sur le trottoir venteux, face au quai de débarquement des ferries ventrus arrivant des mers du Sud avec leur lourde cargaison de touristes hébétés, accompagnés de nautoniers hilares, un mendiant barbu, foulard rouge autour du cou, cheveux en catogan, boucles d'oreilles tintinnabulantes, gamelle bosselée entre les jambes, rêvait, mélancolique, d'équipées équatoriales. Il se voyait déjà baignant voluptueusement dans une mer maternelle sous la chaude étole d'un firmament céruléen, se promenant nonchalamment dans des jardins fragrants fleuris de mimosas et de lauriers, parsemées de ruisselets aux paresseux méandres. Il était déjà très loin, flottant dans les arabesques lyriques de la brise vespérale.

Il sombrait lentement dans la moiteur du soir envahissant Macao comme une onde torpide, tandis que les néons étincelants des casinos illuminaient le ciel nocturne et ensorcelaient les visages avides des joueurs, évanescentes silhouettes, somnambules hagards et perdus dans la nuit de leurs rêves flamboyants ou de leur splendide déroute.

Une soudaine bourrasque dissipa brusquement le songe,

et le mendiant s'en fut cheminant clopin-clopant vers l'église Saint-Dominique, près de laquelle il savait pouvoir trouver une maigre pitance - en compagnie d'autres hères -, distribuée par de bonnes âmes compatissantes, avant de s'installer pour une nuit à la belle étoile, sous des bougainvillées protectrices.

Ce personnage m'intriguait. Comment en était-il arrivé à ce point de décadence, de déchéance ? Avait-il succombé aux charmes sulfureux de Macao ? Un jour, je résolus de l'approcher.

Il se leva à mon arrivée, je fus étonné de sa haute prestance et de son allure de vieux boucanier, d'aventurier des mers. À ma curiosité, il répondit sans se faire prier, heureux certainement d'avoir de la compagnie s'intéressant à lui.

« C'est toute une longue histoire. Je fus autrefois un hardi capitaine au long cours, bourlinguant sur toutes les mers du globe, tour à tour ou en même temps, explorateur, pirate, flibustier, contrebandier, transporteur de toutes marchandises licites ou illicites, trafiquant de bois d'ébène, ne craignant ni dieu ni diable, ni cyclones ni tempêtes, commandant mon fier navire et son équipage de forbans blindés au rhum, sans foi ni loi, sans peur mais non sans reproche, grands amateurs de filles des îles, enlevant les plus belles à l'occasion. Quelle époque ! C'était la belle vie, les fastes équatoriaux. Ah ! Les courbes orientales des suaves sirènes enfantines revêtues de fleurs de pampres de vigne sous les palmes, les myrtes, et les vénérables banians aux étonnantes efflorescences, nos errances fébriles dans le miroitement des eaux luminescentes, suivies de folles libations, nos courses haletantes pour échapper aux marines nationales, ce sentiment tragique de notre précarité, nos découvertes de mondes inconnus peuplés de statues brisées de dieux déchus, d'allées ombragées abritant des chemins dissimulés dans un florilège végétal de parfums de rose et de jasmin, de lavande et de violette. Quelle vie palpitante fut la mienne !

Et puis un jour funeste, la fortune me fut contraire. Nous fûmes rattrapés par une vedette rapide des douanes malaisiennes de l'île de Pulau Talang Besar, au Sarawak. Ils découvrirent la plus modeste de mes cargaisons, quelques centaines de belles tortues, que de fins gourmets m'achetaient à prix d'or, et dont le trafic est naturellement interdit dans le parc national de Talang Satang.

Les juges eurent la main lourde. Confiscation de mon beau navire, dix ans de galère dans les geôles de Kuching, travaux forcés dans la jungle torride ; finalement libération, mais interdiction définitive de naviguer. La mort lente pour moi. Ce fut le début de ma descente aux enfers, mille métiers, mille misères, le chagrin des beaux jours enfuis, l'abandon, la survie grâce à la charité publique… »

Le mendiant se tut.

Je fus très ému par ce sévère dénouement, quoique mérité, et cette fière détresse. Comme j'avais quelques relations au sein de l'Amirauté, je lui obtins un poste de gardien, à l'embarcadère sud des sampans.

Ce fut pour lui une véritable renaissance.

Après tant d'années de cheminements obscurs et misérables, il devint à nouveau une personne respectable et respectée. Il retrouvait avec mille délices les senteurs capiteuses de la mer, les parfums violents et âcres des ports, la joyeuse bohème des matelots, les cris et les ordres des capitaines, les appareillages risqués sous la houle, l'aide appuyée aux belles passagères effrayées d'affronter les instables passerelles, la fumée des bouges et les sourires enjôleurs des filles langoureuses, les voix acariâtres des matrones empâtées, les bagarres de fin de nuit trop arrosée, la musique cristalline des accastillages frémissant sous la brise de l'aube, les crépuscules nostalgiques de la mort du soleil dans la mer chaque soir, les paisibles pêcheurs à la ligne installés sur leur petit tabouret d'osier, le long des pontons, dans la sérénité du petit matin, surveillés de près par des colonies de goélands moqueurs.

La belle vie à nouveau, les jours fastes étaient de retour. Sa vraie vie. Il était sauvé.

Une escale oubliée

C'était une escale oubliée dans un lointain delta des mers du Sud, au fond d'un golfe envahi par les sables et les sédiments apportés depuis des millénaires par les flots tumultueux d'un grand fleuve. Des haleurs héroïques pataugeaient dans la boue jaune pour remettre à l'eau des embarcations d'antan, tandis que quelques pêcheurs ironiques et désabusés les encourageaient nonchalamment de la voix. Plus rien ne poussait dans la plaine alluviale, insalubre depuis des lustres, la végétation était devenue misérable. De loin en loin, des arbres squelettiques étendaient leurs bras morts vers le ciel sombre comme pour un dernier appel. Paysage lunaire de rochers de sable et de sel, semblables à des statues informes et désespérées, royaume des moustiques que des oiseaux migrateurs happaient au passage, sans s'attarder davantage.

L'été était une fournaise, l'hiver glacial, des brumes épaisses parsemaient des îlots épars dans les eaux glauques. Depuis longtemps, toute vie animale avait disparu. Seuls subsistaient quelques êtres humains grâce aux poissons pêchés chichement dans la baie. Des vents violents soulevaient subitement des tornades de sable qui obscurcissaient le ciel et rendaient l'atmosphère irrespirable. Le sable remplissait les jetées, les ruelles, les tavernes sordides et les dernières demeures palatiales closes depuis longtemps. Le port, dont les quais et les grues étaient submergés de limon et de lœss, n'avait pas vu apparaître la moindre étrave depuis de très nombreuses années.

Et pourtant, autrefois, le delta avait été une région verdoyante, riante, couverte de denses forêts équatoriales, de fleurs et d'oiseaux innombrables, de villas princières, de manoirs ocre et rose près de plages secrètes, une escale célébrée dans le monde entier, destination favorite des yachts luxueux de princes et de stars, que le menu peuple venait contempler en écarquillant les yeux.

La région était alors un jardin extraordinaire. Des myriades de petites rivières, de ruisseaux, descendaient doucement vers la mer, tout en irriguant une efflorescence effervescente, un élancement vital de vergers fleuris de frangipaniers et d'hibiscus sous des ombrages de palmiers et de citronniers. Ce n'étaient que parfums de myrte et de genévriers, de romarin, de cytises, de violettes, de narcisses, effluves de mimosas et d'orangers dans les pinèdes, de lavandes sous les oliveraies, d'hortensias sous des tonnelles abritant de discrètes pergolas, sous les ors et les volutes d'arceaux propices aux agapes les plus élégiaques, de petits lacs où se cachaient des carpes centenaires sous des lotus protecteurs, des gloriettes où l'on chantait, l'on buvait, l'on écoutait des musiciens, tout en contant fleurette à des jeunes filles en fleurs. On marchait le long de sentiers qui se perdaient dans les collines avoisinantes, parsemées de mas paisibles inaccessibles au commun des mortels, dissimulés entre les agapanthes et les micocouliers, les vignes et les oliviers, au milieu d'un dédale de pins parasols, de cèdres et de sycomores, dans un concert étourdissant de cigales stridulantes.

Le port aux quais semblables à des avenues, hérissés de palmiers, bruissait jour et nuit du vacarme des palans et des grues, des cliquetis des ancres et des accastillages dans la brise jouant des partitions mélodieuses ou sauvages dans la forêt des mâts, des vociférations et des jurons des marins s'interpellant des bastingages et des écoutilles dans toutes les langues du monde, tandis que des yachts étincelants dans la nuit glissaient tels des monstres marins entre des navires hauts comme des immeubles, chargés de cargaisons de touristes émerveillés par la pourpre et l'or des crépuscules équatoriaux.

Les vertes pinèdes miroitaient dans les profondes anses, tandis que les bruyères arborescentes et les figuiers centenaires montaient à l'assaut de farouches falaises. Sous les portiques le long de la mer, les visiteurs hébétés, débarqués des navires, déambulaient tels des somnambules, entre les fontaines au murmure cristallin dans lesquelles dansaient des tritons et des hippocampes, parmi les cascades de glycines et de magnolias.

Cependant, au fil des années, certains habitants du delta, villageois âgés, s'étaient peu à peu aperçus que les étés devenaient plus chauds, plus orageux, plus longs, et que le flot du fleuve s'était paresseusement assagi. Mais personne n'avait prêté attention à ces propos de vieillards. Il faisait beau, la fête était belle, et durait plus longtemps. Que demander de plus ?

Quelques décennies plus tard, il devint clair pour les scientifiques qu'un problème majeur se préparait. Ils ne furent pas pris au sérieux par les foules qui se pressaient du monde entier dans le delta, avides de jouir du temps présent, et par les gouvernements peu désireux de décevoir la multitude.

La sécheresse et l'avancée des sables se précisaient tous les jours, mais personne ne voulait vraiment y porter attention.

De nombreuses années s'écoulèrent. Les sédiments et les alluvions commencèrent à envahir l'embouchure du fleuve qui, naguère irrésistible, devint peu à peu un filet d'eau nauséabond. Le phénomène fut irréversible, les chroniques locales rapportèrent la progression inexorable des sables, l'envasement du delta et de la baie rendant l'approche des navires de plus en plus hasardeuse, la désertion des touristes, puis celles des habitants eux-mêmes devant la montée de l'insalubrité et des miasmes.

Le déclin fut accéléré par l'invasion des moustiques, qui fit fuir les derniers voyageurs. L'escale, naguère un haut-lieu de la modernité la plus échevelée et de toutes les extravagances les plus osées, fut peu à peu abandonnée et sombra corps et biens.

Sable ; les palais, les palaces, les villas dissimulées sous les bosquets, les jardins, les fleurs, les forêts. Sable ; les tombeaux, les morts célèbres ou anonymes. Sable ; les princes charmants et les belles courtisanes aimées des rois. Sable...

Le sable avançait toujours dans une solitude désertique d'aloès et de coloquintes, mettant un terme à l'histoire flamboyante de la célébrissime escale.

C'était une escale oubliée dans un pays lointain, au fond d'un golfe envahi par les sables.

Une étrange aventure

Ce fut à l'occasion de l'une de mes folles promenades dans une campagne profonde entre mer, forêts, étangs et dunes, que je découvris par le plus grand des hasards, un jardin extraordinaire et totalement inattendu dans cette nature sauvage, venteuse et désolée.

Au détour d'un chemin sablonneux, ce fut soudainement un éblouissement, une explosion de couleurs et de senteurs, ce n'étaient que mimosas, azalées, dahlias, lys, roses, exhalant d'euphoriques parfums, étroitement mêlés en un immense bouquet multicolore avec des hibiscus flamboyants, de douces violettes, des bégonias, de jolies amaryllis à la jupe soyeuse, d'orgueilleuses orchidées, des nymphéas ludiques sur un petit lac, des lilas à l'éclatante inflorescence que couvraient des coupoles de glycines mauves, entre lesquelles couraient de sages ruisseaux issus de sources perlant dans la mousse, autour des orangers, bougainvillées, tulipiers, saules pleureurs se mirant dans de petits étangs peuplés de lotus. Autour serpentaient des sentiers énigmatiques menant à des fontaines bruissant de bavardages d'innocentes mésanges et de canards inquiets, sous le regard meurtrier des aigles, tandis que, dans un vacarme étourdissant, chantaient, jacassaient, gloussaient, se chamaillaient à qui mieux mieux tout un monde inoffensif de merles, tourterelles, hérons, flamants roses, parmi lesquels gambadaient d'espiègles écureuils.

Stupéfait, je me trouvai baignant dans une nature paisible et intemporelle des premiers jours du monde. Je marchais à pas comptés, très lentement, dans ce jardin botanique de nulle part où, curieusement, je ne dérangeais pas le moins du monde, nulle crainte, nulle hostilité, nulle panique. J'étais simplement totalement ignoré, dans une étrange indifférence. J'étais comme invisible.

Peu à peu, un sentiment d'inquiétude me saisit insidieusement ; alarmé par ma solitude sans recours, l'angoisse me gagnait. Je décidai de rebrousser chemin ; avec soulagement, je retrouvai mes lieux familiers. Tout en songeant à l'incroyable étrangeté de cette promenade.

Quelques mois plus tard, j'eus l'occasion de revenir dans cette contrée de landes sauvages ; ému et curieux à la fois, je voulus retourner vers ce lieu enchanté. Je retrouvai le chemin par lequel j'étais entré dans ce paradis terrestre, mais, à ma très grande surprise, tout avait disparu. Il n'y avait plus rien que la forêt, les étangs, les dunes, la mer au loin, aucune trace des fleurs, des arbres, des oiseaux, des écureuils. Seuls subsistaient des petits lacs isolés et désertiques, et le vent qui mugissait tristement.

Avais-je eu un malaise ? Avais-je fait un songe ? Avais-je pénétré par hasard par une faille du temps dans un autre univers ? Je ne sais pas, je ne sais plus. Et pourtant, je persiste à penser que j'étais rentré par mégarde dans un monde dans lequel je n'existais pas, ou plus, ou pas encore… Qui sait ?

Les mouettes de Palau Gulisan

Le moine, dûment enveloppé dans sa robe safran, de sa main potelée agitait mollement un éventail bariolé sur son visage rond et lisse de tous péchés mortels (quant aux véniels, peccadilles...), tout en songeant à sa lecture du jour qui traitait de l'amour du prochain. Il sortit sur sa terrasse fleurie et ombragée de palmiers, parfumée de myrte et de lavandes, caressa du regard les hibiscus aux flamboyantes oriflammes, dans une effusion de rosée. La baie sous ses yeux miroitait au soleil levant. Le disque rouge s'arrachait lentement à la mer endormie s'incurvant sous les premières flèches de chaleur équatoriale. Au-delà du lagon, les villages sur pilotis des peuples de la mer paraissaient flotter dans la brume matinale, tandis que les femmes et les enfants plongeaient nus des pontons et s'ébattaient allègrement tout en grâce et en beauté dans l'eau transparente, au milieu de brigades de mouettes qui se disputaient des poissons rouges volant à la surface, cependant que des îlots rodaient au loin tels des monstres marins, parmi les mangroves et les palétuviers.

Ces villages juchés sur la mer peu profonde, faits de

huttes de bois recouvertes de chaume et de palmes, reliées par des promenades de planches, étaient riants et fleuris, malgré leur apparente précarité. Chaque habitation rivalisait avec ses voisines à qui mieux mieux. Ce n'étaient que jardins tropicaux épanouis aux effluves capiteux que les femmes soignaient avec la plus grande dévotion, rendant ces hameaux lacustres semblables à d'éclatants bouquets multicolores sur les eaux.

La respiration douce de la houle balançait les jonques amarrées, tandis que, sur la rive, les bateaux de pêche échoués à marée basse commençaient à frémir et à tirer sur leurs pieux fichés dans le sable.

Tous les jours à l'aube, le moine se plaisait à contempler longuement ce lever innocent et paisible de premier matin du monde.

Cependant, ce matin-là, sa sérénité fut un instant troublée par le vacarme tout à fait inhabituel des mouettes, plus nombreuses, plus nerveuses, plus criardes, tourbillonnant sans cesse et piquant vers la mer, dans une étrange effervescence. Mais, peu à peu, elles se calmèrent et tout rentra dans l'ordre de la vie harmonieuse des mers du Sud ; et le moine de rencontrer tranquillement ses ouailles sur le parvis du sanctuaire, les femmes de préparer lentement les repas. La journée s'écoula paisible dans la moiteur équatoriale, tout en attendant la brise vespérale, comme des myriades de soirs précédents depuis la création du monde.

Les jours suivants se passèrent normalement, selon le rythme lent et traditionnel des peuples de la mer, sans toutefois apaiser la vive agitation des mouettes, que le moine, les pêcheurs, et les femmes s'étonnaient de voir voler frénétiquement et piquer vers la mer, toujours vers un même point.

Les anciens assuraient qu'ils n'avaient jamais vu les mouettes aussi affolées, même durant le fameux raz de marée qui avait naguère emporté tous les villages sur la mer. Des marins furent envoyés sur les lieux, mais ne remarquèrent rien d'anormal, mis à part la rare agressivité des mouettes à leur égard, ce qui était déjà en soi un phénomène inouï.

Une certaine inquiétude commença à se faire sentir parmi la population. Le moine et les anciens furent sollicités. Était-ce un mauvais présage ? Une catastrophe à venir ? Un nouveau raz de marée dévastateur ? Des semaines s'écoulèrent cependant sans changement notable. On finit par s'habituer à ce vacarme étrange des mouettes. Les oiseaux migrateurs passèrent comme toujours et les baleines au loin, sur leur route mystérieuse, ne manquèrent pas leur annuel rendez-vous des amours.

Mais une nuit de pleine lune, les mouettes devinrent soudainement comme folles, comme montrant quelque chose d'extraordinaire, réveillant tout le monde. La marée était extrêmement basse, la mer, se retirant très loin, découvrit de larges étendues sablonneuses inconnues. Les mouettes s'agglutinèrent sur un endroit précis, le moine et tous les habitants s'y précipitèrent.

Une forme humaine gisait là, enfouie sous les goémons, recouverte par le sable et les floridées, semblable à une momie, figée, rigide, verdâtre. Il fallait faire vite, avant la marée haute. Plusieurs hommes vigoureux la sortirent de son linceul de gangue de vase et la portèrent jusqu'au rivage.

Quel ne fut pas l'émoi de chacun lorsque l'on découvrit que cette forme humaine au visage hiératique était une statue féminine, de facture très ancienne ; il devint vite évident aux yeux de tous qu'il s'agissait de la déesse Mazu, protectrice des gens de la mer, des pêcheurs, des marchands et des navigateurs, adorée et vénérée dans toute l'Asie de l'Est et du Sud.

Le moine, les anciens, tout le peuple de la mer était extatique. Selon les experts malaisiens alertés, cette représentation de la déesse était une œuvre d'art datant du XVIIe siècle. Avait-elle été dérobée dans un sanctuaire, dans un temple, transportée, objet de contrebande, des pirates s'en étaient-ils débarrassés en la jetant à la mer pour échapper à une fouille de la Marine fédérale, dont les patrouilles étaient fréquentes ? Le mystère resta entier.

Le conseil des anciens décida, avec la plus grande émotion, d'ériger la statue sur le rivage, face aux villages fleuris sur pilotis, en hommage fidèle à leur bénéfique patronne.

Les mouettes, vigilantes sentinelles, retrouvèrent leur calme et leur vie habituelle. Mission accomplie.

Nota bene : Le destin fabuleux de la déesse Mazu n'est pas une légende, sa vie est réelle et documentée. Elle est née Mademoiselle Lin Mo, le 23 mars ou le 11 mai 960 de notre ère, dans le bourg de Putian, province du Fujian, en Chine. Elle mourut à vingt-sept ans, après une courte vie exemplaire, consacrée totalement à autrui, aux pauvres, aux malades, avec une infinie compassion. Sa réputation s'agrandit de proche en proche, si bien qu'après sa mort prématurée, elle devint peu à peu un mythe vénéré. Son auréole de sainteté devint à ce point célébrée que le gouvernement impérial lui octroya le titre de « reine céleste ». De nombreux temples furent bâtis en son honneur ; des statues furent érigées partout en Chine, en Asie de l'Est et du Sud. Elle fut déifiée, et son renom de bonté et de miséricorde n'a jamais faibli depuis lors. Elle est la protectrice des navigateurs, des marins, des gens de mer, des marchands, des pêcheurs, de la vie marine et maritime.

Les lecteurs intéressés par cette extraordinaire destinée peuvent se reporter à mon livre : *Impressions asiatiques* (éditions Pacifica Paris), pages 44 à 46 : « L'Histoire merveilleuse de la déesse Mazu ».

Une errance marine

Ce matin-là, je décidai d'être de belle humeur. Non que je fusse habituellement d'un naturel maussade. Mais, la veille au soir, contemplant l'arc obscur du ciel piqueté de myriades d'étoiles qui dessinaient d'étincelantes arabesques plongeant dans la mer embrasée, et pensant au rocher tourbillonnant auquel j'étais éperdument accroché, tel un naufragé à son morceau de bois flottant par miracle, mes lancinantes angoisses m'avaient repris de plus belle.

Cependant, le lendemain, baignant dans la douce quiétude équatoriale d'un soleil auroral éclatant, je résolus de m'adonner à ma promenade favorite quotidienne, celle de vagabonder sous les eaux.

La mer a été pour moi une précoce prédilection. Mon père avait eu la sagesse de m'apprendre à ne point la craindre, mais au contraire, à y évoluer dès mon plus jeune âge. J'ai toujours adoré cet univers onirique dans lequel je me mouvais avec l'aisance d'un animal marin. La mer, violette à l'aube, mouchetée de lueurs orange ; la mer, le jour, tantôt ample et majestueuse, tantôt âpre et sauvage ; la mer, au crépuscule, opalescente, apaisée ; la mer, la nuit, nimbée d'une douce mélancolie, pleine de mystères et de larmes.

J'ai pratiqué très tôt la plongée sous-marine ; j'avais lu, adolescent, avec la plus vive délectation, tous les ouvrages du commandant Cousteau, je n'ai eu de cesse que de découvrir toujours plus loin cet autre monde, au sein de la mer maternelle, origine de toute vie, un autre univers plein de bruits, de fureurs, de menaces, une autre jungle, tout aussi féroce et impitoyable, sous une trompeuse apparence de calme paisible.

Je n'avais jamais imaginé le danger. Les requins, les poissons-scies, les orques, les pieuvres, les barracudas, cherchant leurs proies quotidiennes dans les eaux sapides, limpides et opalines des mers du Sud, les serpents corail, aux anneaux verts et jaunes, au venin mortel, bien cachés dans les épaisses mangroves et les buissons de rouges floridées.

Je respirais un mélange d'hélium et d'oxygène, me permettant de me promener de longues heures en mes domaines de jardins et de prairies marines. J'aimais évoluer dans ce monde ondoyant, plein de couleurs évanescentes et d'êtres marins à la grâce fragile. J'étais l'un des leurs, vulnérable et nu, je me sentais chez moi.

Ce matin-là, j'avais décidé de visiter un autre versant de la montagne marine imposante qui me barrait l'horizon. Je longeais nonchalamment une large vallée, j'étais accompagné d'essaims de poissons multicolores, jouant entre eux dans l'innocence des premiers jours du monde, dans un foisonnement luxuriant de plantes, d'algues vertes, blanches, roses, qui se balançaient mollement au gré de capricieux courants des profondeurs.

Mais, peu à peu, au fur et à mesure de ma longue promenade, le relief devint plus rocailleux, plus abrupt, la végétation plus rare, les poissons plus farouches, le silence de ce paysage minéral plus pesant, l'eau plus froide et glauque. À ma vive surprise, je ressentis une sorte d'hostilité pernicieuse diffuse, sensation qui ne m'était jamais arrivée auparavant, un certain pressentiment singulier de péril m'envahit. Je me sentis tout à coup comme un intrus.

Je voulus rebrousser chemin, mais à mon grand désarroi, je me trouvai dans des amas tourmentés et sinistres de rochers déchiquetés, de gouffres et de gorges opaques, d'escarpements et d'abîmes dont je n'apercevais pas le fond. Tout un peuple d'anguilles, de congres, surgissait de nulle part, ainsi que des murènes furieuses d'être dérangées, dont je craignais la morsure et pour lesquelles j'étais un mets de choix, depuis que leurs ancêtres avaient goûté à la chair des premiers chrétiens jetés vivants dans les piscines romaines. Des pieuvres effrontées hantaient ce lieu inhospitalier, ombres ondulantes et fugaces jaillissant de roches pourpres tapissées d'une végétation corallienne et de madrépores au milieu d'épaves démembrées de caravelles antiques. Une poignante angoisse me saisit.

Je ressentais une lassitude grandissante, je me trouvais comme englué dans les rets d'une force invisible perfide qui me liait bras et jambes. Je ne pouvais plus réagir, mon corps s'engourdissait, mon cœur s'affolait, je ne pouvais plus me diriger, la peur me gagnait… Je coulais lentement.

Dans une profonde crevasse, m'apparut dans la pénombre un dédale d'arches et de douves, de dômes de palais, de ruines fantomatiques vacillantes d'une ville intemporelle engloutie, je sombrai dans l'entrelacs de statues hiératiques de marbre, aux longues mains patriciennes comme prêtes pour une cérémonie sacrificielle, je me sentais harcelé par de redoutables algues reptiliennes dont le but était de me saisir et de me noyer.

J'étais perdu…

Soudain, je me sentis soulevé par une puissante lame sous-marine, je perdis connaissance.

Je fus retrouvé inerte, sanglant, mais vivant, gisant sur les galets d'une grève inconnue, battue par les flots.

La mer, ma protectrice maternelle, m'avait-elle sauvé la vie en m'enlevant *in extremis* des griffes maléfiques d'une chimère abyssale dont j'avais imprudemment pénétré le territoire ? Qui sait ?

Une curieuse mésaventure

Une fin d'après-midi paisible de langueur équatoriale, mes pas nonchalants et incertains le long d'une mer fluente, bordée d'eucalyptus géants, au pied desquels s'épanouissaient des tapis de fleurs multicolores semblables à des mosaïques ondulant sous la brise du large, mes pas indolents me conduisirent par hasard – mais y a-t-il un hasard ? – vers un rivage nouveau pour moi.

Soudainement, je pénétrai sans y prendre garde sur des quais déserts, à l'abandon, silencieux, sans âme qui vive, apparemment. Ce n'étaient que barques rapiécées, à moitié submergées, vieux moteurs, grues rouillées, amoncellement de cordages, vieux pneus, bouées, casiers, filets, ancres, grappins. Le long de jetées lugubres et déchiquetées par la mer dormaient de minuscules chalutiers très fatigués d'avoir beaucoup navigué, et des rafiots rafistolés, éventrés, moribonds, fluctuant dans la vase marécageuse, tandis que des cadavres de mouettes jonchaient les planches disjointes des passerelles et les couvraient de leur innocente blancheur, parmi les débris décomposés de poulpes, méduses, poissons, crevettes, crabes, viscères mêlés à des algues vertes et pourpres. Quelques bateaux hauturiers solidement amarrés par un réseau inextricable de filins se soulevaient et s'abaissaient au gré de la houle des eaux stagnantes flavescentes envahies par les moustiques et les serpents pourchassant de petits singes imprudents au milieu des fougères aux larges palmes flétries.

L'atmosphère, mélange de pestilences putrides et de miasmes nauséabonds transportés par la brise chaude de la marée montante, était délétère, le silence étrange, inquiétant et morbide. La nuit tombait sur cette nécropole, sans un bruit de poulie, sans un cri d'oiseau. Les mouettes passaient au large, évitant cette zone mortifère et ses embruns nauséeux. Le long du port, les mansardes, les échoppes délabrées, les boutiques vidées, les bouges à matelots, les fumeries, les criées, les magasins de fournitures halieutiques, tout était à l'abandon le plus sordide : les étals de poissons pourris renversés parmi les immondices et les flétrissures jonchant le sol, que se disputaient les singes et les chiens errants décharnés titubant dans les ornières.

Je marchais lentement dans la pénombre, mal à l'aise, attentif aux câbles et aux bittes d'amarrage. Saisi de crainte devant ce funeste rivage, je franchis une imposante grille de fer s'ouvrant sur une longue jetée qui s'enfonçait dans la baie. J'aperçus une lumière à bord d'un chalutier hors d'âge amarré à une passerelle branlante ; curieux, je m'approchai : deux marins campaient dans les coursives, les deux seuls êtres humains dans cette irréelle solitude de fin du monde. Je résolus de ne point me montrer et de rebrousser chemin, quand, tout à coup, un bruit m'alerta, et je vis avec effroi, dans le clair-obscur du crépuscule, la porte grillagée par laquelle j'étais entré, se refermer lentement en grinçant sur ses gonds.

Je revins vivement sur mes pas, le passage était clos. Entourée d'épais fils de fer barbelés, la lourde grille m'était infranchissable. J'étais pris au piège. Stupéfait, je la secouai avec l'énergie du désespoir, elle ne bougea pas d'un millimètre. Je m'étonnai avec angoisse que le léger zéphyr du soir eût pu faire tourner sur ses gonds rouillés cette barrière digne d'un château médiéval.

Le silence était total, l'obscurité gagnait, une certaine panique me saisit. Je pensai tout à coup aux deux marins à l'allure de flibustiers que j'avais aperçus dans les coursives d'une vieille embarcation. Marchant précautionneusement en évitant les filins épars, je parcourus la longue jetée et retrouvai avec soulagement les pirates, leur cambuse éclairée par un pauvre lumignon. Leurs noueux torses nus étaient tapissés de tatouages inextricables de pieuvres enserrant des navires de leurs puissants tentacules, d'ancres, de requins et de femmes nues. Ils portaient de longues boucles d'oreille tintinnabulantes et fumaient paisiblement des cigares gros comme leurs poignets.

Ils répondirent avec une bienveillance narquoise à mon instante demande d'aide, se levèrent pesamment et m'accompagnèrent à la grille récalcitrante. Mais à leur grande surprise, malgré leurs forces herculéennes conjuguées, elle ne céda point. Ils me dirent, étonnés, qu'ils n'avaient jamais vu cette porte fermée.

De guerre lasse, comprenant ma détresse, ils m'invitèrent

à partager leur maigre pitance et à passer la nuit dans leur bateau sur une couchette de fortune, solidarité des gens de mer oblige. Ils m'expliquèrent qu'ils étaient dans l'attente d'une prochaine embauche. Ils décidèrent d'enfoncer la grille le lendemain matin, au moyen de lourds madriers jonchant la jetée.

À l'aube, à leur vive stupéfaction, la porte résista aux coups de bélier assenés furieusement par les deux marins. Superstitieux comme tous les navigateurs, ils commencèrent à soupçonner quelques esprits malveillants que ma curiosité aurait dérangés, et ils me regardèrent dès lors avec une certaine suspicion.

J'étais prisonnier, sans recours, je cherchai fébrilement en vain une embarcation utilisable parmi ce magma enchevêtré d'épaves de bateaux, de chaloupes, de radeaux, même de pirogues. Devant l'urgence de ma périlleuse situation, je résolus d'employer les grands moyens d'autrefois, l'antique appel à l'aide. J'allai jusqu'à l'extrême pointe de la jetée loin dans la baie, j'allumai sans hésiter un feu de broussailles, en espérant que la colonne de fumée allait alerter les populations riveraines.

Le résultat fut immédiat. Une vedette rapide de la police maritime apparut promptement et éteignit immédiatement l'incendie.

Je fus emmené sur-le-champ pour interrogatoire et vérification d'identité. Mes explications furent jugées invraisemblables, mais mes gardes se montrèrent magnanimes devant mon évidente ingénuité. Je réglai une belle amende pour incendie volontaire et je reçus avec humilité une admonestation des plus sévères. Ils m'engagèrent fortement à ne pas revenir me promener en ces lieux inhospitaliers, ils m'apprirent que toute cette zone sinistre allait être rasée les semaines suivantes, pour laisser place à un grand port de loisir en eau profonde.

Je les remerciai chaleureusement de leur grande clémence à mon égard et je m'en fus, sans demander mon reste, avec le plus vif soulagement.

Je m'en tirai à bon compte.

Mais je me demanderai longtemps pourquoi cette lourde grille toujours ouverte s'était fermée peu après mon passage. Par quel sortilège pervers, quel piège sournois, pour assouvir quelle secrète vengeance due à ma violation d'un domaine réservé ? Qui sait ?

Il se trouve que, quelques années plus tard, à l'occasion d'une escale de mon navire, je revins dans ces parages. Curieux comme toujours, je parcourus les nouvelles installations dernier cri, accueillant les plus beaux yachts du monde. Je rendis visite au capitaine du nouveau port, un vieil ami, je lui contai ma mésaventure passée, avec cette fameuse grille ensorcelée.

« Je m'en souviens très bien, me dit-il d'une voix contrite. Cette porte de fer forgé nous a donné du fil à retordre. Nous avons dû faire appel à un engin de l'armée pour en venir à bout. J'ai cru que nous n'y arriverions jamais. Je n'ai jamais vu cela dans ma vie de marin au long cours. Cette résistance obstinée ; très, très, étrange, en vérité, machiavélique. »

L'oiseau

Depuis le printemps, tous les matins à cinq heures, dans un grand arbre près de ma fenêtre ouverte, sous le ciel mauve, un oiseau chantait l'arrivée du nouveau jour.

Quelques notes joyeuses, toujours les mêmes, sans cesse psalmodiées.

Puis, soudainement, silence, jusqu'au lendemain matin.

Cet agréable réveil matinal me plaisait et m'intriguait à la fois. Après moult hésitations, cédant à mon habituelle curiosité, je décidai de faire plus ample connaissance avec ce si ponctuel compagnon.

Un beau matin, au point du jour, dès potron-minet, à pas de loup, je m'approchai furtivement de l'arbre, protégé par une avant-garde touffue de buissons de lauriers-roses, mêlés aux fleurs chatoyantes d'amaryllis, d'anémones et de pimprenelles, que courtisaient des papillons aux ailes diaprées frémissant dans l'air frais et parfumé de lavandes au milieu desquelles flânaient indolemment de nonchalantes tortues, en toute quiétude pastorale.

C'était un chêne majestueux, hiératique, au tronc puissant jaillissant de la gangue, s'arrachant du sol tel un géant embourbé, dont les gros bras noueux de lutteur avaient donné naissance à des myriades de branches couvertes de rameaux et de scions, tel un immensurable et harmonieux bouquet de jade offert au ciel, une demeure favorite de Gaïa, la déesse de la Terre mère, dont l'oiseau était sans doute le héraut, le messager céleste de l'empyrée.

Il était l'arbre sacré, le gardien tutélaire druidique, dressé au milieu de la sereine plaine champêtre cernée de lointaines collines aux tranquilles ondulations, parmi tout un peuple d'oliviers, de figuiers, de cyprès et d'ifs hautains marchant à grandes enjambées parmi les pampres et les lentisques. Hallier impénétrable, il était le bienfaisant protecteur des menus hôtes de ces bois, paisibles sous son égide, et la secrète retraite des petites déesses agrestes, aux chevelures d'or et de jacinthes.

Je scrutai les profondes frondaisons aux vertes volutes semblables à une houle émeraude, pour essayer d'apercevoir mon aède, mais il se cachait bien. Seul son chant trahissait sa présence.

Mes pas firent-ils craquer quelques charmilles ? Un froissement léger de feuilles ? Soudain l'oiseau se tut.

Je maudis mon indélicate intrusion.

Le lendemain, à cinq heures, j'attendis, aucune vocalise.

Le surlendemain, silence.

J'ai espéré vainement durant des semaines. Tous les matins.

Puis l'hiver vint, et j'attendis le printemps.

Je ne l'ai plus jamais entendu chanter.

J'avais rompu le charme. Par mon irrémissible caprice,

j'avais brisé le lien.

Amer chagrin.

Mais était-ce un oiseau ? Ou bien n'était-ce pas Gaïa elle-même ou l'une de ses nymphes qui célébrait le nouveau jour ?

Qui sait ?

Ma curieuse indiscrétion avait dérangé l'ordre secret de l'harmonie des choses.

La maison verte de la rue Putao shan

C'était une étroite villa bancale de trois étages surmontés de lucarnes et de deux petites cheminées, abandonnée depuis longtemps, mais que j'avais connue naguère pleine de vie, de cris d'enfants et d'allégresse, située dans une rue descendant vers la mer, peuplée de modestes familles, entourée de figuiers sauvages dont les gamins du voisinage allaient déguster les fruits en franchissant le vieux portail rouillé qui était supposé défendre l'entrée de la demeure. Elle penchait dangereusement du côté droit, et les autorités du district n'avaient pas encore prononcé sa démolition malgré les demandes réitérées des habitants du quartier.

Cette pauvre maison avait une particularité unique : elle ne tenait debout que par la grâce d'un extraordinaire manteau de végétation, de lierres et de vignes vierges, qui la revêtait intégralement de bas en haut, ayant poussé librement depuis plus de quinze ans, sans entrave aucune, si épais qu'elle disparaissait littéralement sous l'amas végétal, qui avait envahi les balcons et pénétré même à l'intérieur des pièces par les fenêtres et les lucarnes.

L'accès même de la demeure par une petite allée qui

cheminait à travers les figuiers était une jungle verte et pourpre de fleurs sauvages capiteuses qui exhalaient d'âcres parfums, tandis que des catalpas immenses couvraient de leurs larges palmes le faîte et les petites cheminées en équilibre précaire.

Les trois marches qui conduisaient à l'entrée disparaissaient aussi sous une mousse abondante, cependant que la porte elle-même avait été éventrée par un envahissement végétal qui avait pris possession de cette habitation, et que rien ne semblait pouvoir arrêter.

Cette emprise totale était très étrange comme si la nature s'était jetée sauvagement sur cette maison sans défense, comme un aigle fond sur sa proie.

Cet enserrement faisait penser au lent étranglement silencieux d'un python, ou à une pieuvre noyant l'infortuné plongeur, à un meurtre rituel, un sacrifice. Un déchirement comme par les mandibules d'une mante religieuse.

Étonnamment, le silence était absolu. Nul oiseau ; nul bruit ; les rares passants pressaient le pas comme s'ils étaient saisis de crainte devant cette tragique exécution végétale.

J'aimais descendre vers la mer le soir en empruntant cette petite rue paisible et calme ; chaque fois, je m'arrêtais un instant pour contempler la progression de cet élan vital incoercible et insidieux qui avait procédé de la même manière pour engloutir les temples d'Angkor. L'atmosphère était mélancolique, emplie de lourds effluves sauvages émanant de l'humus accumulé qui me mettait mal à l'aise.

Ce soir-là, vers huit heures, dans la touffeur du crépuscule, il faisait très sombre déjà, la masse verte de la maison se découpait sur le ciel noir, de manière insolite, lugubre… Soudain, je crus apercevoir une ombre vague à l'intérieur, mouvante entre les feuilles de lierre. Mais ce n'était pas possible, la demeure était inhabitable et inhabitée. Je m'approchai du portail rouillé pour mieux voir, mais cette silhouette que j'avais cru observer avait disparu ; je m'étais probablement laissé abuser par un frémissement du feuillage dans la brise nocturne. J'oubliai l'incident.

J'eus l'occasion de repasser un autre soir par cette petite rue descendante, et curieux, je m'arrêtai pour scruter attentivement l'habitation ; stupéfait, je vis dans la pénombre une forme aux contours indistincts, flottant sur un balcon branlant, gesticulant comme un appel au secours, apparaissant et disparaissant tour à tour, au gré du vent entre les épais feuillages. Je ne pouvais plus bouger, je suivais des yeux cette vague silhouette dansant dans la brume du soir. Je fus saisi de crainte, doutant de ma raison, je quittai fébrilement les lieux.

Quelques jours plus tard, je résolus d'aller revoir cette étrange demeure. Hélas, les engins de démolition étaient déjà à l'œuvre, je sentis une profonde impression de tristesse m'envahir ; fasciné, je regardai les pans de murs tomber comme châteaux de cartes, mais était-ce le murmure de la brise, je crus entendre fugitivement dans le bruissement des feuilles, comme une voix gémissante, une plainte de désespoir, qui me fit tressaillir jusqu'au fond de mon être.

J'évite désormais de passer devant le trou béant comme une blessure ouverte, dont la vue me serre le cœur et me procure un sentiment indéfinissable.

Je sus plus tard que toute tentative de construction avait échoué, les promoteurs s'étaient récusés les uns après les autres, le trou est toujours plus profond, aucune herbe ne repousse, l'on dit qu'une ombre parfois ondule et flotte la nuit parmi les ruines éparses.

Personnellement, je reste persuadé qu'il y avait quelque chose, quelqu'un, une entité, une âme errante, une émanation de la maison du temps où elle était heureuse, pleine de bruits d'allégresse et de cris d'enfants. Qui sait ?

Le vieil homme

Il était tout seul, paisiblement assis sur un banc de pierre, sous le frais ombrage d'un saule qui caressait un petit ruisseau aux eaux de soie émeraude, au milieu d'un océan jaune de genêts que de petites cigognes piétinaient sans vergogne. Il regardait devant lui la mer au loin empourprée de soleil, avec un léger sourire. Le parfum des baies de cassis embaumait l'air autour de lui.

Le lendemain, mes pas me menèrent vers le même sentier. Le vieil homme était déjà là, tranquille, se reposant, souriant aux lucioles ludiques qui voletaient autour de lui. Je passai mon chemin sans bruit, soucieux de ne pas déranger cette charmante scène bucolique. Il était vêtu à la mode des sages chinois d'une longue robe qui le couvrait du cou jusqu'aux pieds, il portait un petit bonnet rond, des besicles de vieux professeur, une barbichette, une mince tresse descendant dans la nuque et revenant sur la poitrine, sur laquelle reposaient ses longues mains patriciennes.

Une saison passa et je fus quelque temps sans revenir dans cette campagne lointaine de bord de mer, mais curieusement, je pensais souvent à ce vieillard si doux et si calme, solitaire sur son banc. Il me semblait que quelque chose ou quelqu'un me poussait à le revoir.

Finalement, j'eus l'occasion de revenir en ces lieux. Je retrouvai le même chemin et à mon grand plaisir, mêlé d'un certain étonnement, le vieil homme était toujours là, dans la même position paisible, face à la mer pourpre, sous le saule. Les petites cigognes étaient toujours aussi dévergondées, les lucioles aussi agiles, le ruisseau aussi soyeux, les genêts aussi jaunes, l'air aussi suave.

Je m'assis respectueusement sans bruit loin de lui. Il ne manifesta aucune surprise, mais je crus entendre vaguement ces mots murmurés : « Je vous attendais... Je savais que vous reviendriez. » Était-ce une illusion de la brise ? J'étais profondément troublé et je n'osais lever mon regard vers lui. Le temps s'était immobilisé, tout tournait autour de moi. Je ne sais combien de temps je restai ainsi prostré.

Quand je sortis de ma torpeur, j'osai enfin m'approcher davantage de lui, il n'avait pas bougé, il était froid, comme une statue. Il était une statue. Je me sentis soudain très seul, orphelin. Je m'inclinai devant lui puis je quittai les lieux d'un cœur lourd. Je n'oublierai jamais ce vieil homme solitaire sur son banc de pierre, éternellement souriant à la mer pourpre, entouré de petites cigognes et de vives lucioles batifolant autour de lui dans un océan jaune de genêts.

Camellia sinensis

Depuis le grand Newton, il est reconnu que la gravitation est l'une des composantes essentielles de l'extrême précision des rouages de la machine universelle.

Mais, comme les voies du Seigneur, celles de la mécanique céleste sont impénétrables, aux conséquences parfois les plus improbables.

Je n'en veux pour preuve que cette véridique histoire que je tiens de la bouche même d'un sage chinois.

Je marchais tranquillement, savourant indolemment le soleil couchant le long de la mer apaisée baignant nonchalamment l'harmonieuse baie de Laishan[1], quand soudain, j'aperçus un vieillard se dirigeant vers moi de manière circonspecte, à pas menus. Il avait manifestement envie de m'entretenir de quelques affaires. Il portait une longue barbiche, symbole de son savoir et de sa prudence.

Je n'étais pas étonné. En Chine, les vieux sages sont légion et il arrive qu'ils veuillent bien descendre de leur piédestal pour entretenir les humains de quelques mystères et sou-

---

1 Laishan, district de Yantai, province du Shandong, sur la mer Jaune.

lever quelques insondables voiles existentiels, car ils sont très solitaires dans leur éternelle réflexion. Ils connaissent tout de l'univers et des dieux, et ils aiment parfois semer quelques parcelles de leur sapience.

Nous nous assîmes sur un banc de pierre, j'étais naturellement très curieux de l'entendre. Le sage commença à murmurer d'une voix mesurée très professorale :

« Je voudrais vous conter l'authentique et charmante histoire de la *Camellia sinensis*, c'est une anecdote mal connue, particulièrement des voyageurs étrangers tels que vous. Cela se passait il y a plus de quatre mille sept cents ans.

Notre empereur Shen Nung avait l'habitude de boire des tasses d'eau très chaude à tout moment de la journée. Or il advint qu'un beau jour, une feuille d'un buisson tout proche se détacha et voleta jusque dans la coupelle contenant cette eau bouillante.

Il fut très agréablement surpris de la saveur et du goût de ce breuvage inopiné, et il se sentit si bien après l'avoir bu, qu'il voulut désormais en consommer tous les jours. La nouvelle se répandit vite et tous les Chinois voulurent suivre son exemple.

Le buisson était fait de *Camellia sinensis*. Cette modeste feuille fut la pionnière, sans le vouloir, sans le savoir, de la destinée universelle du thé. Un effet infime et inattendu de l'énigmatique mécanique céleste, tout comme la naissance improbable d'une minuscule vie sur notre caillou rocheux suspendu dans l'espace parmi des milliards d'autres. »

Le vieux sage était satisfait de sa démonstration. Sans s'attarder davantage, il remonta maladroitement sur son piédestal pour continuer sa contemplation éternelle de la mer.

Et je songeais en mon for intérieur aux voies impénétrables du grand Mécanicien.

Le lutin

Sur la pelouse du parc paisible et silencieux encore humide de la rosée matinale, les pigeons, frénétiquement, piochaient leur abondante pitance de vermisseaux dodus, tout en bousculant les pivoines qui ne laissaient apparaître aucun signe d'impatience ou de mécontentement devant une telle outrecuidance, cependant que les sylphides très dénudées du jardin ne semblaient pas souffrir de la fraîcheur, sans doute réchauffées par les chapelets d'oiseaux oisifs qui couvraient, irrespectueux, leurs épaules et leurs poitrines.

Mais que fait-il dans cet arbre, si haut, ce petit lutin vêtu de laine de toutes les couleurs, avec son bonnet rose et ses yeux vifs, sa grande écharpe rouge et son pantalon vert ?

Il avait grimpé agilement, s'agrippant aux branches et aux surgeons, sous les applaudissements de tout le menu peuple de la forêt. Juché sur la ramure la plus élevée, entouré d'une cohorte d'oiseaux fêtant son exploit, il souriait à son public émerveillé : les sylphides, les pigeons, les écureuils, les pivoines retenaient leur souffle, même une hermine fauve jeta un coup d'œil prudent. Une brigade lyrique de pinsons encourageait le vaillant acrobate en pépiant à plein gosier, rivalisant de vocalises avec toute une théorie de fauvettes et de merles insolents. Des grues cendrées voyageuses au long cours firent même escale pour profiter de ce moment de bravoure.

Mais le lutin ne redescend pas. Il n'a nullement l'intention de rejoindre la Terre. Tout son groupe d'admirateurs massés au pied de l'arbre regarde, inquiet, la frêle silhouette oscillante tout là-haut, tout à ses prouesses périlleuses d'équilibriste. Les petites déesses de perles ont peur pour lui et le pressent à grands cris de revenir sur le sol.

Il n'entend plus les supplications des petits hôtes de ces bois.

« Je suis si bien près de la cime, dans la houle des dieux et des vents, caressant les nuages et les étoiles, baignant dans la moirure du ciel, me balançant aux arceaux de l'azur, entre les faisceaux énigmatiques du temps. Pourquoi retourner sur cette terre ingrate, peuplée d'ogres voraces, méchants et dangereux pour les innocents arlequins ? Pourquoi ramper et m'abaisser alors que je suis ici désormais libre, libre, libre de m'envoler et de vivre avec les oiseaux du firmament ? »

Soudain, il étendit les bras et, à la stupeur horrifiée de l'assistance, s'élança ; tomba comme une plume…

Mais, surgissant d'une nuée, tel un éclair, un grand aigle fondit sur lui à tire-d'aile, l'attrapa au vol, le déposa délicatement sur le sol. Puis s'en fut, sans attendre les louanges du petit peuple en larmes.

Le petit lutin, reprenant ses esprits, promit formellement à tous de pratiquer à l'avenir ses rebelles facéties de manière moins aventureuse.

Cependant, au fil des mois, il devint évident aux yeux de tous que ce funambule toujours bondissant entre deux arcs-en-ciel, naguère si espiègle, si taquin, si romanesque, sombrait souvent dans de profondes rêveries dont il émergeait tristement. Qu'était devenu le joyeux luron lutinant les jeunes naïades toutes disposées à bien l'accueillir ? Qu'étaient devenus son ironie, sa fierté juvénile, son élégante et chaleureuse curiosité, son exubérance de jeune faune, sa candeur étourdie, ses attitudes irrespectueusement délicates, ses clins d'œil coquins ?

Maintenant, foin des gambades malicieuses, des gracieuses cabrioles, des frénétiques culbutes de clown, des déguisements et des badinages que toute la forêt adorait, les yeux ravis. Foin des connivences furtives et secrètes avec la déesse de la Terre, Gaïa, et ses vestales.

Il errait abattu parmi les buissons de lauriers blancs comme neige et les figuiers sauvages le long de la mer aux légères rides, poussant de grands soupirs. Il contemplait, mélancolique, l'azur infini du ciel et ses luminaires indéchiffrables si lointains.

C'est alors que Gaïa décida d'intervenir. Elle le confia à sa plus belle naïade qui sut promptement le remettre dans le droit chemin du petit monde joyeusement facétieux des lutins, au grand soulagement du menu peuple des forêts qui célébra son heureuse renaissance dans la plus grande allégresse.

Puis, après toutes ces vives émotions, la vie des bois reprit son cours, paisible et harmonieux.

Mais, longtemps, longtemps après ces curieux événements, lors d'une nuit sans lune, l'on crut apercevoir le grand aigle en route vers les étoiles.

Nul n'a revu le petit lutin. A-t-il rejoint les insondables immensités enchantées dont il rêvait passionnément ?

Qui sait ?

La rivière de l'éternel retour

Il n'est rien de plus poignant qu'une rivière mourante. Le lit est vide comme celui d'un amour perdu. Silence lunaire.

Un triste filet d'eau serpente lentement parmi les immondices aux miasmes putrides, au milieu d'une litanie désolante de lambeaux de vêtements encore accrochés à des ronces, de matelas souillés et de fauteuils défoncés, d'araires usagés jetés dans la rivière pour s'en débarrasser, de bicyclettes rouillées, de magma de vieux pneus, recouvrant des cadavres décomposés de chiens, de chats, d'oiseaux, entre les rives stériles et desséchées. Hérons, cormorans, mouettes et éperviers qui accompagnaient la navigation paresseuse des barques, se trouvent tous englués dans un margouillis marneux, happés par la vase d'où jaillissent déjà de rouges hibiscus.

Les saisons dernières, c'était une rivière puissante et calme, s'écoulant, solennelle, nonchalante, vers la mer qui l'attendait, impatiente. Mais son élan s'est réduit au fil des mois. Peu à peu, son cours s'est perdu dans les sinuosités sablonneuses de ses méandres. La rivière se meurt.

Que sont devenus les arbrisseaux caressant l'onde, les

cabanes des pêcheurs, les mouettes jonglant avec les poissons, les jaunes tournesols mêlés aux lys blancs, les statues des sages entre lesquelles s'égayaient les belles promeneuses mutines et provocantes sous leurs ombrelles, les calèches conduites par d'insolents gandins, les pimpantes pimprenelles et les pervenches sous les sycomores et les micocouliers, les galets à la teinte opaline, les écureuils espiègles, les mariés irisés de bonheur dansant dans leurs gondoles lagunaires, sous les érables et les saules, les guinguettes remplies d'oiseaux et de rires des petites filles en robes légères fraîches et colorées comme des sépales, courant avec leur filet à papillons dans les vertes prairies de fleurettes élégiaques, cependant que les amoureux sur leur barque se cachaient sous les branches complices des ifs et des épicéas. La vie paisible de la rivière a disparu.

Parfois, autrefois, elle grondait et secouait ses chaînes.

Alors, fougueuse et fugueuse comme une cavale sauvage, impitoyable, irrépressible, elle forait, fourrageait et labourait son lit, forçait son passage, lave jaune immense et orgueilleuse, elle emportait implacable, comme fétus de paille, des arbres entiers avec les oiseaux accrochés aux branches piaillant de peur, des pans de maisons, leurs habitants hagards hurlant sur les toits, les ajoncs à plumes des marais, une frêle pagode de briques rouges démantelée par la rage des flots, des équipages en grand arroi, des embarcations aux ancres arrachées, les mariniers terrifiés, des carcasses énormes de bovins assaillies par de redoutables serpents, des chevaux affolés ruant se débattant aspirant l'air comme des poissons suffocants. Mais la colère de la rivière ne durait pas, elle se calmait peu à peu, et sage, elle regagnait son lit.

Finalement, la rivière moribonde est revenue à la vie. Le filet d'eau s'est épaissi, le flot a de nouveau dévalé des sources montagneuses lointaines, a balayé les scories amoncelées et a baigné le sol craquelé. Sont de retour les barques et les pêcheurs, les amoureux et les enfants, les verts bourgeons et le murmure de la brise légère, dans l'entrelacs des chênes et des saules, des noyers et des buis, les ruisselets émeraude coulant indolemment sous les hêtres pleureurs, les papillons chatoyants se nichant dans les buissons de lauriers-roses, les ombrelles des belles en promenade à la tombée du jour dans la campagne embrasée de pourpre et tissée de sources comme une fine broderie, les effluves d'œillet sauvage et de santal, philtres d'amour qui enfièvrent les jeunes éphèbes, les pivoines et les tulipes le long des rives jardinières, les arpèges des merles moqueurs sous les balcons fleuris de saponaires dans les collines revêtues de cyprès, auprès desquels miroitent les fleurs jaunes des immortelles.

La Vie toujours renaissante.

生生不息 *sheng sheng bu xi*, la Vie engendre la Vie, il n'y a pas de fin.

Une curieuse solitude

C'était un hameau languide et évanescent, noyé dans la verdure, adossé à une colline sauvage nichée non loin des clameurs de la ville, aux ruelles ensevelies sous les bougainvillées oubliées par les jardiniers depuis longtemps.

Ce n'étaient que vieilles masures aux portails rouillés, au milieu de longs ifs envahis par une jungle désordonnée de sapins, de hêtres tourmentés aux branches entrelacées, de thuyas, de fougères arborescentes, de plantes grimpantes les unes sur les autres, sous des portiques de figuiers parfumés de myrtes, des chemins étroits menant à des clairières cachées dans lesquelles disparaissaient sous les feuilles mortes de mystérieuses et massives pierres levées gravées de caractères antiques chinois, stèles témoignant d'anciens rites perdus dans un lointain passé ; des fermes abandonnées, des ferrailles de machines agricoles, des ateliers fermés, des tuyaux rongés par les ronces, quelques êtres errants traînant leur besace ou travaillant leur petit jardinet sous une tonnelle de glycines triomphantes, près de leur vieux fauteuil défoncé. Un coq solitaire chantait sans espoir de réponse, parmi des pivoines et des tulipes sauvageonnes, un chat disparaissait dans les fourrés, une bâtisse caduque qui fut un hôtel dans un autre siècle était perdue entre les coquelicots et les rosiers poussant à leur gré et dansant sous la brise marine.

Seuls l'assourdissant crissement des cigales, les carillons des oiseaux innombrables, et le mugissement des sirènes des ferries dans la baie lointaine venaient troubler le silence et la paix de ce lieu oublié.

Soudain, au bout d'un sentier sans issue, apparut à mes yeux étonnés une ancienne demeure traditionnelle, au toit de tuiles rouges, sur lequel gambadaient les huit dragons gardiens de la maison tapie au milieu des arbres et d'un jardin d'hortensias, de géraniums et de fleurissantes immortelles.

Sur le seuil se tenait un homme souriant, d'aspect altier, à la barbe rousse, aux cheveux très longs, vêtu d'une houppelande hors d'âge qui le couvrait entièrement malgré la douce chaleur automnale qui régnait sur la péninsule du Shandong.

Je m'approchai doucement, les mains ouvertes en signe de paix. Il me fit asseoir courtoisement sur un banc de pierre au seuil de la maison, au soleil ; je ne disais rien par discrétion, assis modestement au bout du banc. Il prit place à côté de moi et c'est alors qu'à ma vive stupéfaction, je reconnus le célèbre peintre-calligraphe Z.

Comme expressément promis, je tairai son nom et le lieu de son « ermitage ».

Il prit la parole d'une voix tranquille : « Ne soyez pas étonné, dit-il, oui, j'ai connu naguère quelques succès dans la capitale, mais depuis plusieurs années, j'ai préféré me retirer de ce monde futile et vain, afin de poursuivre en paix mes recherches artistiques et philosophiques dans le calme de ce hameau à mille lieues de l'agitation humaine. J'ai disparu volontairement. »

Timidement, j'osai lui demander :

« Mais vous êtes tout seul ici.

- Oui, me répondit-il, les villageois d'alentour subviennent à mes quelques besoins, ils sont très serviables, ils descendent régulièrement dans la ville de Y, et m'apportent ce qui m'est nécessaire, je mène une vie très simple, ascétique, mais je ne suis pas un Alceste. Je suis heureux tel que je suis, avec mes chères études. »

Je lui demandai, avec une certaine audace, de quelles études philosophiques il s'agissait.

« Je suis passionné d'alchimie, me dit-il avec grande bienveillance, j'ai entrepris des recherches sur la pierre philosophale des anciens alchimistes chinois et européens, des études sur le sens le plus ancien du mot *Dao* tel qu'on le trouve dans les inscriptions antiques sur les os divinatoires. Je m'intéresse aussi particulièrement aux recherches de deux grands alchimistes chinois : Wei Boyang et surtout Ge Hong, dont l'ouvrage *Bao Pu Zi* a fait autorité en 317 de notre ère, mais naturellement je ne suis qu'un très, très, modeste chercheur. »

Par discrétion, je ne voulus pas importuner davantage ce grand artiste, qui avait choisi l'anonymat le plus total. Il fermait les yeux, s'assoupissait dans la chaleureuse quiétude de cette fin d'été, entre la ligne bleue du ciel là-haut par-dessus les sapins et la ligne vert émeraude de la mer.

Je partis sans bruit, sur la pointe des pieds.

Quelques années plus tard, à l'occasion d'un voyage dans le Shandong, je revins dans la jolie ville côtière de Y, et j'eus la curiosité de rechercher ce qu'était devenu le grand peintre et calligraphe Z.

Je retrouvai le hameau endormi, et la demeure qui, à ma vive déception, était fermée. J'interrogeai un bûcheron qui travaillait non loin. J'appris que Z était mort il y avait déjà plus d'une année. Il n'avait plus donné signe de vie durant plusieurs semaines. Les villageois avaient donc décidé, après beaucoup d'hésitations, de rentrer dans sa maison. Ils l'avaient trouvé étendu sans vie près de son alambic et de son petit fourneau d'alchimiste, au milieu de ses chevalets, ses fioles d'essences, ses élixirs de cinabre et de mercure, de nombreuses toiles inachevées, ses pinceaux, ses encres et ses grimoires.

Comme le petit peuple alentour ignorait tout de lui, ils l'avaient incinéré et avaient répandu ses cendres dans son jardin, couvert de fleurettes.

Je repartis, triste de cette malheureuse fin, qui reste inconnue à ce jour des cercles artistiques de la capitale.

Il a emporté ses secrets avec lui. Les vapeurs des essences alchimiques qu'il utilisait pour ses recherches ont-elles eu raison de lui ? A-t-il été la proie de redoutables oracles ? Flotte-t-il, immortel, parmi les doux effluves des cymes de jasmin et des tilleuls ?

Le mystère reste et restera entier.

Les deux sages

Il était une fois deux sages, chenus et blanchis sous le harnois, trottinant, énigmatiques, enchâssés dans leur robe de soie pastel rehaussée d'un surplis écarlate. Ils cheminaient doucement dans une anse du grand fleuve, repaire des aigles irascibles. L'infinitude de l'ogive du ciel vert émeraude était telle une aurore boréale. La litanie du vent portait encore la complainte des conques, les envolées des homélies, le fracas des cymbales et les effluves d'hydromel qui enfiévraient les dieux.

L'un des sages se pencha vers son compagnon à la barbiche sereine, perdu dans ses pensées. Il lui murmura à l'oreille : « T'en souvient-il ? Dans les jardins incendiés de pourpre, des jets d'eau jaillissaient parmi les parterres de fleurs. Nous remplissions de vins sacrés les calices d'or et les jattes de jaspe, nous offrions des offrandes dans les vases de bronze et nous recherchions les présages dans les entrailles des corbeaux, pris dans les filets des oiseleurs.

Oui, nous chassions du temple les odalisques nues au corps couvert d'opales, les ongles teintés à la balsamine, et les égéries effrontées et mutines cachées dans les alcôves.

Nous fuyions les vesprées incandescentes sous les tourelles.

T'en souvient-il ? Les sacrifices affreux sur l'autel expiatoire, tandis que les paons chamarrés indifférents se miraient dans les vasques de marbre, les épaisses murailles de pierre ocre les tenant prisonniers.

Mais désormais, sous les voûtes effondrées et les arches brisées gisent les vestales, et le feu sacré est éteint.

Il est temps de partir. »

Les deux sages, imperturbables, pénétrèrent lentement dans le fleuve, leur robe soulevée par le vent comme des voiles, et disparurent dans l'obscurité des eaux.

Pour quel rivage ?

Un piège infernal

Au-dessus de l'étang, enchâssé comme une perle émeraude entre des rochers ocrés où s'agrippaient des fougères arborescentes et des tulipiers aux grandes fleurs orange, griffé par les rameaux frémissants de saules impertinents, recouvert de nénuphars à larges palmes et de lotus blancs triomphants d'innocence, royaume de batraciens jouant à saute-grenouilles et de hérons affamés cueillant leur pitance matinale, des lanternes multicolores oscillaient au gré de la brise de la mer toute proche empourprée d'aurore, tandis que des bosquets de roses tout autour abritaient des colonies d'oiseaux chantant à tue-tête leur plaisir de vivre un nouveau matin de fête, dans les orbes du soleil levant. Étonnamment, nulle présence humaine, nul pêcheur, nul promeneur froissant les tapis rouges d'odorantes amarantes.

Je m'assis lentement sur un banc de bois disposé tout au bord du petit lac, sans troubler le moins du monde la plénitude de paix de ces lieux apparemment si sereins, dont la bienfaisante torpeur tropicale m'assoupissait, et dont les eaux miroitantes m'étourdissaient.

Je ne sais combien de temps je somnolai dans cette béatitude solitaire. Avec grande difficulté, j'entrepris de me lever. Mais je fus pris soudain de vertige, de nausée, je perdis l'équilibre, je titubai comme ivre. Je me sentis perdre conscience et glisser vers la surface de l'onde qui semblait m'appeler.

Dans un état second, je me vis tomber très doucement, très lentement… J'aperçus indistinctement au fond de l'eau glauque des visages qui me fixaient, tremblant dans l'ombre, impassibles et sévères, paraissant me juger, telle une foule sépulcrale silencieusement hostile, à moitié enfouie dans la vase verdâtre.

Une figure plus avenante s'anima soudain et je crus saisir des lèvres murmurantes ces quelques mots : « Venez nous rejoindre. Nous étions célébrés autrefois, mais les temps ont changé. Nous avons été défigurés, martelés, maudits. Pour se débarrasser de nous, l'on nous a jetés dans cette immonde géhenne, au fond de laquelle nous croupissons sans espoir de retour. Venez, venez avec nous. »

Sans pouvoir réagir devant ce regard qui m'hypnotisait comme un serpent sa proie, je sombrai comme envoûté, englué, enveloppé dans un sortilège maléfique auquel je ne pouvais me soustraire.

Tout à coup, je me sentis saisi et sorti hors de l'eau par des mains vigoureuses ; et une voix forte et bourrue de me crier : « Ressaisissez-vous, vous allez vous noyer ! Réveillez-vous ! », tout en grommelant : « Ces exécrables statues n'en finiront donc jamais de s'en prendre aux promeneurs. »

Je repris peu à peu mes esprits, je remerciai vivement le gardien du parc qui était intervenu à temps, et je m'en fus, songeur.

La prisonnière du lac

Mais quelle est cette étrange personne au bord du petit lac, cachée sous des bosquets d'agaves et d'eucalyptus, sa main droite levée saluant mon passage matinal ? Quel est cet être si accueillant ?

Je me suis approché d'elle doucement, elle regardait la mer au loin, éclaboussée des ors fauves du soleil levant ; c'était une jeune femme au port hiératique de prêtresse de Cybèle, à la chevelure d'ébène retenue par une couronne de fleurs et de fruits. Un mince sourire flottait sur son visage tourné vers le ciel pourpre, ses paupières étaient très légèrement revêtues de kohol, ses joues roses couleur de miel, un collier de coquillages ornait son cou gracile, son bras gauche élevant haut une grappe de raisins. Elle était parée d'une longue robe fleurie découvrant son épaule ronde et sa poitrine menue, ses avant-bras étaient ceints de bracelets d'étoffes chatoyantes ; foulant le sol de ses pieds nus, une fine lanière de soie agrémentait ses chevilles, elle avait une grâce indolente, une fraîcheur de fleurs le matin à la rosée, le charme d'une jeune fleur juste éclose.

Mais quelle déesse jalouse l'avait-elle enserrée dans cette

gangue de pierre, par quelle affreuse vengeance, pour quel affront ?

Je me suis épris d'une prisonnière, mise au secret pour l'éternité, une créature humaine, trop humaine aux yeux des dieux ?

Ne pourrons-nous jamais nous promener le long du lac dans la lumière mordorée des saules, sous les palmes des longues fougères, parmi les buissons de roses et les feuilles serpentines ?

Qui peut prévoir l'énigmatique déroulement des choses ?

Un étrange songe

Je me promenais un soir au bord d'une mer opaline, tout était paisible. Flottant comme une algue dans la nuit liquide, une maison dissimulée dans un lacis touffu d'asphodèles, d'héliotropes et d'aubépines, exhalait un parfum d'étangs et de brume, de pampres et de garances sauvages.

Mais quel est ce visage entre les feuillages, ce léger sourire, ces yeux qui me regardent du fond du ciel ? Quelles sont ces formes errantes dans l'ombre des larges palmes d'un catalpa ? Quelle est cette lueur mauve, clignotante, sur les eaux vert jade de la lagune, dévoilant des êtres de bronze saupoudrés d'or et d'écume ?

Au loin, la mer, par endroits, est couverte de singulières fleurs ocre, rouges, jaunes, qui éclatent en gerbes multicolores sous un dais de feux d'artifice. Les collines toutes proches fleurissent d'irisations roses et bleutées, comme une nuée nuptiale sur les toits de chaume.

Ce village perdu, blotti entre les tentacules des cèdres, au fond d'une vallée abandonnée, aux ruelles fangeuses entre les haies de genêts, parsemées de passerelles et de passages secrets, la pluie fouettant les guirlandes d'acanthe et les pilastres de marbre de son antique splendeur, quel mystère recèle-t-il encore ? Cette simple dalle sous ce grand hêtre dans l'étroite venelle, qui osera la violer ?

Dans le sanctuaire montagneux d'azur limpide, les fiers paladins se meurent, veillés par d'immuables immortelles. L'horizon pourpre incendie les blanches immensités, et de fulgurantes orgies solaires accompagnent les cris désolés des oiseaux de mer, dans un ciel d'ambroisie et de miel.

Mais dans quel abîme marin ce grand fleuve sauvage entraîne-t-il ces deux femmes assoupies dans une barque sous les saules ? L'épaisse lave de ses eaux montantes noie de grimaçantes idoles d'énigmatiques cultes crépusculaires. Des serpents déjà s'approchent en ondulant entre les roseaux et les tamaris. Très haut, déjà tournoient les vautours. Mais le flot épargne de ces dormeuses la candide innocence. Il épargne aussi cet être en peluche, les yeux étonnés grands ouverts vers le ciel, tenant la main d'une petite fille gisant sur un lit de fleurs, près de l'eau dorée d'une cascade caressée par la brise…

Soudainement, toutes les images se diluèrent en un mirage diffus, et disparurent.

Était-ce un songe, une illusion chimérique, ou bien une autre réalité m'avait-elle pénétré par un infime interstice, une improbable fissure dans l'elliptique trame du temps ?

Qui sait ?

Ravissement à l'école nationale de cithare de Yantai[1]

Intimidé, je monte lentement les marches craquetantes du vénérable escalier décoré de tableaux représentant d'illustres citharistes, dont la célèbre artiste Madame Xiao Wei, grande prêtresse de ce temple dédié à la cithare. Je suis accueilli par des volées de moineaux piaillant, gambadant. Ce sont d'adorables petites filles qui apprennent à jouer de ce magique instrument, avec la plus grande ferveur.

Au béotien que je suis, l'on explique doctement avec une patiente bienveillance que la cithare, un fondement de la musique traditionnelle chinoise, est issue d'une très longue histoire : son origine se perd dans la nuit des temps. Elle a comporté sept cordes, puis treize, ensuite dix-huit, et maintenant vingt et une : le guzheng. Les citharèdes sont présents dans tous les grands opéras chinois, tels que l'opéra de Pékin (*jingju*), l'opéra *kunqu* avec le classique *Pavillon des pivoines*, le *chuanju* opéra du XVIIe siècle, le *luju* opéra du Shandong, le *yu* opéra du Henan, etc. Le jeu du grand acteur de l'opéra de Pékin, Yu Kuizhui, est soutenu par

1 Yantai Sun Zither Art School of China.

la cithare ; la soliste Madame Liu Fang est la plus grande ambassadrice de l'art éternel du guzheng et du luth pipa dans le monde. À l'instar de Yo-Yo Ma pour le violoncelle, Lang Lang, Li Yundi, Wang Yuja pour le piano, etc. Des chefs-d'œuvre tels que *Chant du pêcheur dans le soir*, *Lune d'automne sur un lac calme*, *Jeux d'eau des mouettes*, *Lune d'automne sur le palais de l'empereur Han*, sont de grands moments de pure émotion.

Oui, j'en suis convaincu, le guzheng a une âme. Madame Xiao Wei et ses meilleures élèves vont la dévoiler devant mes yeux éblouis et émus : un concert de cithares est suprêmement émouvant, au point que l'on en oublie d'admirer la dextérité des doigts de toutes ces petites filles qui jouent à l'unisson, avec de lents ou très rapides mouvements d'enveloppements, d'enroulements et de déroulements des bras et des mains qui sont la grâce même, celle que l'on retrouve dans les jeunes personnes préparant et servant le thé selon les gestes traditionnels ancestraux.

Madame Xiao Wei et les jeunes artistes font jaillir la vie même. La musique est tantôt gaie, tantôt triste, tour à tour mélodieuse, rauque, chantante, romantique, nostalgique, sauvage, coléreuse, tendre, amoureuse. Comme la vie, exprimant les émotions humaines de tous les jours.

Il faut voir ces petites élèves, déjà virtuoses, penchées chacune sur leur cithare allongée et galbée, exprimant l'âme profonde de l'instrument en musiques aériennes, suaves, harmonieuses à la Debussy ou pleines de tonnerre à la Wagner. Leurs minuscules doigts disparaissent dans les cordes comme de fiers marins affrontant la houle, et soudain, déchiquettent leur proie devant elles, comme des tigresses arrachant les flancs d'un agneau. C'est le fracas des armes sur le champ de bataille, ce sont des galops de chevaux dans les ailes du vent ; et soudain, c'est une déclaration d'amour, les enchaînements des gestes et les enlacements des doigts, le dialogue entre l'artiste et l'instrument et entre les cordes elles-mêmes est un instant prodigieux : le guzheng devient tel un Minotaure dompté entre les mains de la jeune vestale. À un certain moment, l'artiste devient l'instrument et l'instrument l'artiste, le couple devenant un seul être, par la magie de la musique, véritable alchimie rituelle.

Ces ferventes petites citharistes, d'une grâce infinie, d'une fraîcheur innocente, au regard inspiré, totalement dédiées à leur art, sont des anges, vivant une extase mystique dans un autre monde dont nous n'avons nulle idée.

Arts martiaux *wushu* dans le mont Kunyu[1]

Le voyageur curieux qui s'aventure dans les gorges de la montagne sacrée taoïste Kunyu est étonné de trouver tout à coup, perdue dans la nature sauvage, une académie d'arts martiaux, fréquentée par Chinois et étrangers, dont plusieurs Français et francophones, école qui est un haut lieu de l'enseignement supérieur de spécialités martiales de *wushu*, tout près du temple Shenqingguan, où vivent de nombreux dieux dans leurs niches richement décorées, encensés par leurs fidèles, parmi des stèles garnies de caractères chinois très anciens.

Tous les étudiants vivent sur place comme dans un pensionnat, de six mois à trois ans et plus, de manière spartiate, durant les longs mois d'hiver glacés dans la montagne, dans des dortoirs exigus, sans chauffage, de façon à aguerrir les corps et les âmes ; ils s'exercent tous les jours avec leurs professeurs, entretiennent une forme physique de très haut niveau, faite d'endurance et d'émulation forgeant leur courage, leur énergie et leur vertu guerrière, tout

1 Le mont sacré taoïste Kunyu, dans le district de Muping, agglomération de Yantai, Shandong.

en pratiquant aussi la méditation.

Les cours sont dispensés sur une plateforme en plein air, face au soleil et à une végétation vierge millénaire, dominant un vide abrupt au fond duquel se blottit un petit lac d'une pureté de perle, dans un arceau de montagne paisible et inhabité, sinon par les aigles, cadre grandiose qui invite au recueillement, à la sérénité et à la réflexion. La préparation mentale est cruciale pour ces combattants, seuls dans les solitudes panthéistes du mont Kunyu.

Sous les oriflammes de l'école ornées de blasons taoïstes, de dures compétitions ont lieu. Dans cette arène, de farouches et solides gaillards déploient leurs talents en affrontements singuliers ou en groupes, avec force, agilité et retenue ; tous leurs gestes, quelle que soit la discipline, sont la stylisation de ce qui faisait l'ordinaire des guerriers d'antan, avec les poings, les pieds, les coudes, les mains, les bâtons, les lances. Ces joutes sont des mouvements qui viennent du fond des âges, traditionnellement préservés et stylisés, tout en gardant leur redoutable efficacité.

Les simulacres de mêlées, corps à corps d'insectes, aux gestes extrêmement rapides et ciblés, sont comme une danse de vie ou de mort pour chacun des protagonistes. Un professeur imite le glissement feutré du tigre autour de sa proie fascinée et ne bougeant plus. Un gladiateur solitaire se heurte aux ennemis et les défait en une multitude de gestes mortels infligés en nanosecondes. Un colosse, après avoir longuement médité et concentré son énergie dans sa main droite semblable à une lame d'acier, coupe d'un coup un bloc de marbre ; les duels avec bâtons sont terrifiants de célérité et de dextérité. Les âpres assauts des jouteurs de *Mantis Boxing*, mimant les mantes religieuses attaquant leurs proies et les déchirant, toutes griffes et mandibules dehors, sont hallucinants de cruauté animale. Les acrobaties et la gestuelle des fiers belluaires simulant un combat mortel d'un tigre et d'un lion sont d'une rare violence. L'enroulement et le resserrement silencieux du python autour d'un crocodile, telle une très lente mais fatale cérémonie, est un moment d'une intensité tragique.

Le voyageur curieux quitte la lice des tournois, plein d'admiration devant ces nouveaux dieux de l'Olympe, tout en songeant qu'il vaut mieux ne pas les contrarier.

Le port de pêche de Dongkou[1], sur la mer Jaune

Le promeneur qui hésiterait sur la route à suivre pour se rendre au port de pêche de Dongkou serait guidé par le vol des mouettes qui, en rangs serrés, se disputent les reliefs de poissons, poulpes, crevettes, crabes, que des barques ventrues abandonnent en déchargeant leurs lourdes caisses. Le visiteur sera également aisément conduit à bon port par les senteurs tenaces de marée et d'embruns portées par la brise du large.

En arrivant sur le quai, il aura peine à marcher parmi les amoncellements de filins, de cordages usagés, de vieux pneus, de moteurs, de poulies et de bouées, jetés là dans le plus grand désordre, parmi les bateaux rapiécés, les grues rouillées et les vieilles caisses.

Mais il sera vite saisi par le spectacle étonnant du mouvement incessant de bateaux qui arrivent sur la jetée, chargés à ras bord de caisses de crabes et de fruits de mer. À la barre, des marins aguerris se frayent un chemin parmi

1 Le port de pêche de Dongkou, dans le district de Zhifu, agglomération de Yantai, province du Shandong.

les autres embarcations, en faisant rugir leurs puissants moteurs. Déjà, des restaurateurs avisés sont présents pour acheter immédiatement les cargaisons fraîchement débarquées, tandis que d'autres barques partent en sens contraire, remplies de filets, de bouées, de casiers, pour les immerger sur les lieux de pêche, tout ceci dans un tumulte et une allégresse de grands cris, d'appels, de jurons, de marchandages, d'odeurs, les vieux navigateurs congratulant bruyamment de jeunes marins, tandis que les cantines à matelots se remplissent de ventres affamés et de gosiers à sec.

Sous des auvents de toutes les couleurs, des jeunes filles accroupies en cercle ravaudent des filets, raccommodent des paniers, tout en bavardant avec animation. D'autres femmes rangent des balises et des avirons, repeignent une passerelle rouillée. De vieux pêcheurs errent. Ils sont chez eux dans le port, c'est leur univers familier.

Des voitures arrivent maintenant, se frayent un passage sans vergogne, transportant des clients pressés de venir déguster le frais arrivage, ils s'attablent dans une guinguette qui eût réjoui Maupassant, sise à l'extrême bord de la mer, en face des barques, et choisissent leurs proies à même les bateaux : des crabes replets et délicieux et des poissons juste pêchés, les mets arrosés de flots de bière, de vins et de *maotai*. Les ouvriers du petit chantier naval tout proche se mêlent à l'assistance, le tohu-bohu va croissant. C'est le petit monde de la mer qui se retrouve là.

La taverne est pleine à craquer, les tables croulent sous les plats, toute la famille du patron est à l'ouvrage, les soubrettes n'ont pas le temps de plaisanter avec les convives et la cuisine fume comme une machine à vapeur, tandis que de petits chalutiers attendent sagement le travail du soir.

Le promeneur se retire sur la pointe des pieds, sans déranger davantage cette chaleureuse et authentique communauté des gens de la mer.

Épilogue :

Je suis retourné sur ce site si pittoresque et si charmant ; mais, à ma grande surprise, où sont passés les bateaux, les filets, les ravaudeuses, les odeurs, le tumulte ? Où est la mer ?

La mer a été repoussée de deux cents mètres, un quai neuf a été construit, une criée grande comme un hall de gare a été créée, les barques sont bien rangées en ordre au-delà d'une grue neuve, d'autres partent ou reviennent tranquillement, les petits chalutiers sont toujours bien sages de leur côté. Un hangar flambant neuf pour les équipements et un atelier pour l'entretien ont été installés.

Heureusement, le restaurant aux poissons et fruits de mer si délectables n'a pas bougé, la patronne est toujours bien présente, les poings sur les hanches à l'entrée, son mari s'affaire à la cuisine, les soubrettes sont toujours avenantes, les clients aussi jovialement épicuriens.

Grâce au Ciel, l'essentiel est sauvegardé !

Un chaleureux dîner à Laishan

Il m'arrive parfois de dîner dans un restaurant simple et sans faste de Laishan, fréquenté par une classe moyenne chinoise de modeste aisance. Cet établissement, ouvert tous les jours de l'année, matin, midi et soir, est une entreprise familiale. La famille entière y travaille : le père est aux fourneaux avec des aides, la mère à la caisse, les sœurs servent, une petite jeune fille reçoit les clients et les place. Lors de l'affluence, vers dix-huit heures, le petit garçon de la maison arrivant de l'école donne lui aussi un coup de main, en répondant aux urgences tonitruantes des clients affamés : « *Fuwuyuan* ! *Fuwuyuan* ! » (« Service ! Service ! »).

Ce n'est pas un bistrot, ni un estaminet, ni une gargote, ni une cantine. C'est un humble restaurant des familles, propret et même coquet, bien éclairé par de petits lustres, égayé de plantes vertes ; les tables sont rondes, gentiment dressées, à la mode chinoise, et plusieurs sont carrées, pour accommoder les couples. Aux murs, des affiches vantent des boissons, surveillées jalousement de près par la caissière, de bonnes bouteilles de vin et de *maotai* sont offertes à la tentation sur un présentoir.

En arrivant, je ne manque jamais de saluer respectueusement le corpulent bouddha en fer doré, tout seul en haut sur une étagère, qui a l'air de s'ennuyer depuis longtemps. Il est relégué dans un coin comme un écolier pas sage, et n'a devant lui aucune des nourritures terrestres que les fidèles déposent habituellement aux pieds de ses collègues. Apparemment, personne ne s'occupe de lui, mais il est souriant quand même. Il est de bonne composition, il n'est même pas triste ni affamé. Il faut dire que le spectacle en dessous de lui est très distrayant. Il domine l'assemblée humaine qui s'agite sous lui, il est comme au théâtre, spectateur attentif. Il peut observer à loisir ce mouvement pêle-mêle perpétuel d'êtres étranges se précipitant pour manger et boire, parler en même temps, puis repartir rapidement pour laisser la place à d'autres congénères. Sa position stratégique est également idéale pour estimer de la qualité des plats, à en juger par les effluves subtils dont les volutes montent titiller ses narines.

À partir de dix-sept heures trente, les premiers clients arrivent ; clientèle d'habitués, des hommes entre eux, joyeux d'être ensemble pour dîner – en Chine, le repas est toujours une fête –, puis arrivent les familles, de la grand-mère en pyjama au nourrisson pleurnichard, les petits garçons bruyants et les petites filles joliment habillées, charmantes et bien élevées. Le brouhaha commence à s'intensifier. À dix-huit heures, le restaurant est plein, il y règne une très chaleureuse et heureuse convivialité, les clients s'interpellent, appellent les serveuses, qui courent dans tous les sens et virevoltent comme des danseuses de flamenco.

Vacarme de bon aloi, joie de vivre communicative, chaude ambiance joyeuse, allégresse générale, bonne humeur et décontraction. Les serveuses qui sont sœurs jumelles s'amusent et chahutent avec les clients, tout le monde rit, certains boivent sec : « *Ganbei* ! *Ganbei* ! » (« Cul sec ! Cul sec ! ») », retentissants ; les portions sont plus que généreuses et l'addition est très légère, la cuisine est rapide, les mets arrivent vite, le service est efficace. Les Chinois aiment être servis sitôt installés, en général, on ne s'attarde pas à table. Sitôt le repas terminé, on part, on ne laisse rien dans les plats, on réclame des *dabao* pour emporter les restes à la maison. Excellente habitude !

C'est une nourriture familiale nutritive régionale, *lucai*1 à base de légumes : brocolis, choux, pois, tomates ; poissons, fruits de mer que le client choisit vivants dans un vivier, volailles, viandes, fruits de saison. Grande variété, préparée de façon raffinée.

Vers vingt heures, il n'y a plus personne, à part quelques couples se déclarant leur flamme à voix basse. Le bouddha peut s'assoupir, il n'y a plus rien à surveiller ce soir. La famille va tout nettoyer et ranger, car demain matin est un autre jour.

Pendant ce temps, un très vieil homme, juché sur une haute colline dominant Laishan, sa longue barbe blanche volant au vent, sa main gauche posée sur une biche, sa main droite tenant un sceptre d'or, une grue cendrée à son

---

1 *Lucai* est la cuisine du royaume de Lu, l'une des huit grandes cuisines de Chine. Les royaumes de Qi et de Lu composaient autrefois le territoire actuel de la province du Shandong.

côté, étend sa protection sur la baie scintillante tel un diadème de perles ceignant la mer rose de plaisir. C'est le dieu Shouxing, le dieu de la longévité.

Chercheur d'or à Zhaoyuan

Zhaoyuan, la capitale de l'or en Chine, est bénie des dieux de la fortune. Les veines aurifères, connues depuis des centaines d'années, déploient profondément leurs riches tentacules. L'or est partout. Le précieux métal baigne littéralement la ville et toute la région, jusqu'à Penglai et Longkou[1]. Des nuages d'or se balancent indolemment dans le ciel.

Le village des orpailleurs transporte le visiteur dans la dynastie des Song (960-1279), parmi ses petites maisons traditionnelles de bois à charpentes apparentes, son théâtre minuscule où se produit un chanteur de l'opéra Luju, les chaises à porteurs dans les ruelles, les échoppes de thé le long des saules et des hêtres bleus, où l'on pratique avec la plus grande minutie le célèbre rituel du service du thé selon le long cérémonial d'antan. Des acteurs et des figurants en costumes Song jouent des querelles entre orpailleurs et miment des discussions de villageois devant un juge.

Un temple étincelant, gardé par des cerbères féroces

1 Zhaoyuan, Penglai et Longkou sont trois comtés faisant partie de l'agglomération de Yantai, province du Shandong.

et patibulaires, est dédié naturellement aux trois divinités de la richesse dont les statues dorées trônent en face de la foule de leurs adorateurs : Bi Gan, Zhao Gongming, et surtout le plus puissant d'entre eux, Guan Yu, celui qui fait jaillir les pépites dans le tamis de celui ou celle qui les mérite. Ils sont entourés de leurs nombreux fidèles, rivalisant de ferveur et d'encens, surveillés par des tortues monumentales, dont il est recommandé de caresser les têtes de marbre, noircies par les milliards de mains qui les ont touchées depuis des siècles.

Dans les patios, l'air est rempli de la musique harmonieuse des sphères célestes dispensatrices de prospérité, grâce aux luths et aux cithares à sept cordes dont de jeunes musiciennes en costume d'époque jouent près de vibrantes cascatelles et de guirlandes fleuries. Au bord des pièces d'eau, se meuvent lentement des carpes dorées, se cachant sous les lotus et les nénuphars, entre des petits ponts de bois de santal et des jardins remplis de tulipiers aux fleurs orange et jaune et de pommes d'or des Hespérides qui rendent immortels.

Les orpailleurs, toutes générations confondues, plongent leur tamis dans le lit de la rivière, avec ténacité et gravité, observant à la loupe le sable et le gravier recueillis, et scrutant l'apparition du miraculeux éclair jaune des paillettes, signe de la trouvaille de quelques pépites distillées par les divinités, aléatoire découverte que l'heureux élu emporte triomphalement. Le visiteur tente en vain sa chance, suscitant une hilarité générale. L'atmosphère est heureuse, chaleureuse, familiale. Aucun signe de ruée vers l'or !

Le culte du précieux métal atteint son apogée dans le palais de l'or de Zhaoyuan. Sur trois étages, ce ne sont que bijoux, bracelets, bagues, pendentifs, colliers, chaînettes, parures, fils d'or, joailleries, lingots de 25 kg, feuilles d'or de 23,5 carats, vêtements d'apparat cousus d'or de dynasties défuntes. Le visiteur signe le livre d'or et sort ébloui de ce temple digne de Montezuma, étourdi par son parfum capiteux. Dans les rues éclatantes, il titube, noyé dans le flot d'or des boutiques faisant étalage de leurs plus beaux atours. Des pierres piquetées de paillettes d'or se vendent à la criée comme des petits pains.

Non loin s'élèvent des éoliennes géantes dont les grandes ailes tournent lentement juste au-dessus des tombes à flanc de collines, troublant le sommeil éternel des dormeurs qui ne semblent pas se plaindre dans leurs sarcophages dorés.

Les *hutong* de Zhifu[1]

Tapis à l'ombre des nouvelles tours, les *hutong* de Zhifu offrent au promeneur un délectable désordre haut en couleur, en odeurs, en saveurs. C'est tout un enchevêtrement de petites boutiques hétéroclites et d'échoppes introuvables nichées dans de vénérables maisons antiques, un labyrinthe de ruelles dans lesquelles s'affaire tout un petit peuple. Les marchands des quatre saisons côtoient les acupuncteurs, les pédicures et les vendeurs à la sauvette, les étals de viande se mêlent à ceux des livres d'occasion, parmi les réparateurs de vieux vélos, les cordonniers, les coiffeurs de rues. Les cuisinières ambulantes vantent leurs *jiaozi* et leurs galettes, des brochettes de fruits de mer sont grillées sur des feux de charbon de bois. Des brocanteurs proposent des vases historiques, authentiques naturellement ; des chiffonniers ramassent les vieux cartons et les bouteilles vides. Les chats jouent entre des bicyclettes abandonnées rouillant depuis des lustres. Des volailles vivantes, dans leurs petites cages, attendent résignées le bon vouloir des chalands et des gar-

1 Zhifu (anciennement Chefoo) est le district central de l'agglomération de Yantai, sur la mer Jaune.

gotes odorantes aux cuisines ouvertes dans les venelles abritant des bars bizarres, et des officines de massages aux volets clos et aux lanternes rouges clignotantes.

Des groupes d'un certain âge pratiquent leur art de *tai-ji quan* et de *qi gong*, avec des mouvements très lents et incantatoires, soudainement rapides comme l'éclair et la foudre. D'autres font leurs redoutables exercices au sabre et au fouet.

Des joueurs de mah-jong sont installés sur leurs petits pliants à l'ombre de platanes et de catalpas tandis que les badauds s'agglutinent autour d'eux pour commenter de manière véhémente les aléas de parties certainement passionnantes.

Des fleurs de magnolias, dont les calices aux parfums capiteux s'épanouissent de plaisir dès les premiers rayons du soleil levant, réussissent à se glisser dans de minuscules jardins féériques où les petites filles jouent à la corde à sauter et, joyeuses, mangent des glaces. Des vieillards chenus de sagesse promènent gravement leurs oiseaux en cage ou leurs boîtes à grillons ; d'autres envoient leurs cerfs-volants haut dans le ciel. Des vieilles dames en pyjama et des petits vieux en vareuse fatiguée trottinent avec leurs cabas et leurs filets à provisions.

Entre les étroites maisons moyenâgeuses de briques et de pierres, courent des promenades obscures encombrées de vieux sacs, de débarras, de gravats, de ferrailles, de vieilles charrettes. Des ouvriers réparent une canalisation sans se presser, d'autres s'affairent nonchalamment à démêler un écheveau invraisemblable de fils de téléphone suspendus en grappes à un poteau.

Deçà delà subsistent des *siheyuan* : ces villas traditionnelles à cour carrée, sans fenêtre sur l'extérieur. Dans les jardins intérieurs de ces univers clos, oasis de verdure, de plantes vertes et de fleurs, à l'ombre de ginkgos millénaires, des résidents tendus et attentifs jouent à l'implacable jeu de go, silencieux et soudainement surexcités par la victoire ou la défaite, tandis que de vieilles commères les observent tout en papotant, bien serrées, et que des bouddhas ventrus dans de petits autels sourient devant cet encens qu'on leur prodigue sans mesure. Certains *siheyuan* sont devenus des galeries d'exposition de peintures et de calligraphies. D'autres, magnifiquement rénovés, abritent des célébrités.

Le soir, selon le temps, sur les parvis des tours, tout un monde de tous âges se retrouve pour danser, soit en ligne, avec figures d'éventails et de foulards, sous la direction d'une maîtresse de cérémonie, soit en couples, pour des tangos ou des valses, en s'appliquant cérémonieusement, tandis que les grands anciens regardent et parlent entre eux, indifférents. Les enfants slaloment en patins à roulettes entre les danseurs, qui ne leur font jamais de remontrances.

Vie traditionnelle à l'ancienne, à la chinoise, de la vieille Chine d'antan dans une ambiance familiale et unanimement chaleureuse, joyeuse, paisible, pleine de couleurs, de senteurs et d'émotions.

Visite pittoresque dans le quartier des artisans et des artistes de Zhifu

J'arrive dans un dédale de vieux petits immeubles d'antan dont l'ancienneté n'a d'égale que leur vétusté oscillante, parsemés de passerelles qui les relient audacieusement, de passages secrets, de courettes où courent les chats, de venelles aux balcons protégés par des grillages, où les escaliers de fer extérieurs, les tuyaux de canalisations et les gouttières s'entremêlent. C'est un univers hétéroclite et pittoresque à la Harlem, réuni par une jungle de plantes grimpantes, abritant tout un monde d'ateliers d'artisans et d'artistes, de galeries, de calligraphes, de tailleurs de pierre et de sculpteurs sur bois, de vieux livres, de boutiques improbables de vases de toutes les époques, d'échoppes d'acupuncture, de coiffeurs de rue, de gargotes sapides aux gamelles fumantes, de tables pliantes sur les trottoirs entre des voitures qui se sont égarées dans ce labyrinthe et qui ne peuvent plus en sortir. Les chiens, les chats, les lapins cohabitent, le tout dans un tohu-bohu bon enfant, où tout le monde rit et s'amuse, un charivari indescriptible, des petites filles sautant à la corde au milieu des victuailles, des petits garçons courant entre les étals de jade et de tableaux.

Les artisans et les artistes sont très affables, vous accueillent comme un vieil ami, vous offrent immédiatement du thé, des pâtisseries ou un bol de raviolis ; ils travaillent tous la main dans la main, s'entraidant, c'est une communauté modeste, l'argent n'est pas important ; le travail des mains et le plaisir de créer de l'art, des objets d'art, sont naturellement leur joie de vivre et leur but premier. C'est une bohème travailleuse et généreuse.

De vieux artisans chenus de sagesse sculptent sans état d'âme des bouddhas ventrus, des déesses Mazus blanches comme neige, des Vénus callipyges, des courtisanes lascives à demi nues parées de bijoux ; ils peignent des estampes, des paravents laqués, des porcelaines, des vases gemmés, et des vaisselles impériales rouges aux liserés dorés, taillent des émaux, des camées, des jades, des saphirs bleutés, et de pourpres rubis, tandis que les peintres, aux longs cheveux et à la casquette montmartroise, exposent des brumes et des montagnes, des dragons griffus, des lacs et des grues cendrées, des rivières et des silhouettes de pêcheurs voguant dans des barques à fond plat, sous lesquelles se dissimulent de petits poissons, une vieille dame tenant sa chèvre en laisse et une jeune mariée tous voiles dehors photographiée par ses proches.

Vive la chaleureuse bohème de Zhifu !

Promenade sereine dans Yuhuangding Park, à Zhifu

Situé sur une colline en plein milieu de Zhifu entourée de tours d'acier et de verre plus grandes qu'elle, c'est un vaste havre de paix et de quiétude, un océan de verdure et de calme où viennent mourir les tumultes de la ville, composé de promenades en pente douce ombragées de milliers de pins, mélèzes, sycomores, hêtres bleus, cyprès, bambous, paradis des enfants jouant aux explorateurs et des vieillards se prenant pour des sages confucéens.

Tout au sommet de la hauteur, le hiératique Yuhuangding Temple, accompagné de gracieux pavillons, construit sous la dynastie Yuan (1280-1368), récemment rénové, abrite les autels de nombreuses divinités qui se plaisent en ces lieux paisibles. De gros bâtons d'encens embaument l'atmosphère ; les fidèles se prosternent devant les déités célestes qui s'entendent très bien, nulle jalousie ni acrimonie apparente ; ils s'agenouillent avec ferveur sur des coussins brodés, particulièrement devant la déesse Mazu, populaire patronne des pêcheurs, des navigateurs, des marchands et des gens de mer, toujours de blanc vêtue et spécialement fêtée, comme elle l'est partout en Chine de l'Est, du Sud et en Asie du Sud Est. Des multitudes de rubans portant des vœux et des prières sont suspendus à de très vieux ginkgos, témoins des dynasties impériales d'antan. Le silence est religieux.

Non loin, le Mammon Temple est également très en faveur. Les fières statues des trois dieux de la richesse : Bi Gan, Zhao Gongming et Guan Yu se dressent majestueuses devant une foule d'adorateurs, lesquels ont dû franchir auparavant la garde féroce et patibulaire de leurs énormes gardiens de jaspe.

Dans les patios, sous les tonnelles chargées de pampres et de clématites aux suaves effluves, l'air est empli de la musique harmonieuse des luths et des cithares que des joueuses dispensent au bord de pièces d'eau limpide aux teintes opalines, alimentées par de cristallins ruisselets, où se meuvent indolemment des poissons rouges se cachant sous les larges feuilles de lotus et de nymphéas frissonnant doucement sous la brise de la mer toute proche. Des promeneurs lisent ou parlent doucement pour éviter de troubler la sérénité du site, tandis que de désinvoltes oiseaux sautillent sur les portiques fleuris.

Le dimanche, près d'un petit théâtre d'ombres chinoises, un *English Corner* réunit des étudiants, des professeurs étrangers bénévoles, des curieux et des passants. Tous brûlent de pratiquer leurs connaissances en anglais ; des badauds assis sur leurs pliants les regardent, amusés. Toute une ambiance bon enfant estudiantine. Une petite galerie expose des calligraphies et des Yi Peijuan *Papers Cuttings*, cet art très ancien de papiers découpés.

Une partie de ce parc est située à l'emplacement de l'un des deux cimetières des étrangers de Yantai, aujourd'hui disparus. J'ai arpenté avec émotion ces lieux où même les oiseaux font silence, couverts d'arbres vénérables et parsemés de grosses pierres arrondies par le temps et la mer, dont certaines, sculptées par l'érosion, revêtent des formes fantomatiques. Au détour d'une allée pierreuse, dans un bosquet anonyme et austère, j'ai découvert trois longues et larges dalles, couchées horizontalement, très usées, et deux stèles debout de la même taille, comportant des caractères chinois traditionnels. Ces épaisses plaques de pierre pourraient avoir été des pierres tombales. Cet enclos est très ancien, les arbres centenaires sont soutenus par des arceaux. Seuls quelques promeneurs âgés et de jeunes étudiants s'y aventurent insouciamment.

Une promenade tranquille le soir au bord de la mer Jaune, à Zhifu

Le soleil, las de sa course du jour, s'allonge sur l'onde écumeuse de la marée montante, glisse paresseusement sur les barques des pêcheurs fiévreusement affairés à poser leurs filets dans le vacarme des cris rauques des goélands à l'affût de quelques prébendes, et vient baigner les terrasses aux dalles disjointes des villas nichées sur le rivage, ancien séjour de prédilection de familles naguère venues par-delà les océans le long des lumineuses baies de la mer Jaune.

Le promeneur, parcourant ce passé, imagine les beaux messieurs coiffés de canotiers, les jolies dames en crinolines et capelines, les enfants en uniformes et longues robes, jouant au cerceau ou au croquet sur les pelouses, gouvernantes et nourrices à leur côté, sortant de leurs maisons en pierre de taille, aux élégantes colonnades galbées, au milieu de jardins fleuris, de bosquets de lauriers-roses, de narcisses et de jacinthes, dans le caquètement des oiseaux s'ébrouant dans les bambous près de bruissantes pièces d'eau couvertes de lotus, où flânent de petits poissons dorés. Les jeunes filles babillantes se promènent au bord de la mer diaprée sous la protection de leurs ombrelles multicolores, regardent les voiliers et les yachts aller et venir dans le golfe, et conversent agréablement avec leurs amies à l'heure du thé. Moments succulents.

Le soir étendant ses sombres volutes, le promeneur quitte à regret ces fantômes d'un autre siècle, et retourne au port où s'allument de lueurs vespérales de scintillants lumignons sur de vieilles pinasses nostalgiques, renaissantes la nuit. Les gens de mer se retrouvent entre eux, vieux loups bourrus, jeunes matelots novices, navigateurs de passage, baroudeurs et corsaires à l'occasion. Le vin, la bière, le *maotai* coulent à flots. L'atmosphère est joyeuse, chaleureuse, tout le monde se connaît. C'est le peuple de la mer qui se rassemble et qui traverse le temps, comme cela a toujours été depuis les premiers radeaux de nos grands ancêtres.

De vieux pêcheurs aussi usés que leurs bateaux racontent leurs exploits d'autrefois, affrontant à la fois les bourrasques de la mer, les caprices du vent, les tempêtes et les naufrages, domptant le grand requin blanc, harponnant un rorqual de temps en temps ; tandis que les jeunes marins les écoutent religieusement, tout en rêvant de poulpes géants et de combats incertains. Les servantes juvéniles gaiement indolentes sourient à tous ces respectables flibustiers et leurs jeunes recrues ; cependant que d'énigmatiques personnages, à la lueur de lanternes de papier bariolé, règlent leurs comptes secrets.

C'est une promenade tranquille le soir au bord de la mer Jaune, à Zhifu.

Dans un jardin de Laishan

Dans un jardin tranquille, inondé de lumière,
Où exultent les mésanges et flânent les écureuils,

L'automne joue dans les ramilles d'un ginkgo ancestral,
Entre glycines et capucines, au bord de la mer opaline.

Un petit chat gris gît parmi les fleurs,
Comme une étoffe usée qu'on aurait jetée là,
Les feuilles mortes le recouvrent déjà et lui font un linceul.

Sa petite langue rose pend, immobile,
Une pie curieuse piétine son petit corps,
Veillé par de sauvages jacinthes et de timides immortelles.

Candide voyageur, il est déjà bien loin,
Au-delà des cercles bleus des nébuleuses,
Sur la route de l'Éternité.

Dans un jardin tranquille, inondé de lumière,
Un petit chat gris gisait entre les fleurs.

Du même auteur

1958 *Chroniques sud-américaines*, articles hebdomadaires publiés dans *Le Progrès de Lyon.*

1958 *Cueillez dès aujourd'hui*, récit, Éditions du Gerfaut

1958-1970 *Poèmes*, publiés aux Éditions Grassin dans différentes anthologies : *Poésie nouvelles*, *Séquences I*, *Séquences II*, *Séquences VIII*, *Séquences IX*, *La Mer* et *Les Moulins.*

1961 *À fleur d'âme*, poèmes, Éditions Grassin
Préface de Lycette Darsonval

1962 *Les mains vides*, poèmes, Éditions Soulanges
Préface d'Abel Gance

1965 *Un temps pour déchirer*, poèmes, Éditions Grassin
Préface de Janine Charrat

1967 *Ouvrir avec douceur les yeux des vivants*, poèmes, Éditions Grassin. Préface de Serge Lifar

1969 *Tu le sais bien ; rien ne m'est plus*, poèmes, Récités par Milorad Miscovitch au Festival de Dubrovnik-Musique de Michel Frantz

1971 *Janine Charrat, Antigone de la danse*, biographie, Éditions Piazza

1972 *Les collectionneurs*, argument de ballet. Chorégraphie de Janine Charrat, créée à l'Opéra Comique de Paris le 19 février.

1972 *Puis ce fut le nouveau soleil*, poèmes, Éditions Michèle Trinckvel, préfaces de Janine Charrat et de Marcel Jouhandeau, illustration de Carzou

2008-2014 *La lettre de Yantai*, édition bimensuelle de nouvelles francophones, sino-françaises, culturelles, économiques, artistiques, éducatives, survenues à Yantai, dans la province du Shandong, en Chine et en France. Diffusion dans le Cercle francophone de Yantai.

2014 à aujourd'hui *Les petites nouvelles de Yantai*, diffusion d'événements, de proverbes chinois, de poésies chinoises, de descriptions, d'offres d'emploi, de débats dans le Cercle francophone de Yantai.

2014 *Délire de clown*, poème, Éditions Persée

2016 *Impressions asiatiques : Les pérégrinations en Chine et en Extrême-Orient d'un Français curieux de tout*, récits, Éditions Pacifica, Paris

Sur l'auteur

2015 *Michel in Yantai*, ouvrage collectif sur la vie de Michel Humbert à Yantai depuis 2000.

2019 *Au bout des rêves*, biographie de Michel Humbert par Natalie Nié, Éditions Pacifica, Paris

éditions pacifica
2021